D1672937

Friedhelm Eymael

Niederrheinblues

Bibliografische Information der Deutschen Bibliothek
Die Deutsche Bibliothek verzeichnet diese Publikation in der Deutschen
Nationalbibliografie; detaillierte bibliografische Daten sind im Internet über
http://dnb.ddb.de abrufbar.

1. Auflage, Kempen 2011
© 2011 BUCHPROJEKT VERLAG, Kempen

Nach der neuen deutschen Rechtschreibung

Alle Rechte dieser Ausgabe vorbehalten durch den
Autor Friedhelm Eymael, Kempen

Umschlaggestaltung: BUCHPROJEKT VERLAG, Kempen,
unter Verwendung des Fotos © Tyler Olson – Fotolia.com
Gestaltung: BUCHPROJEKT VERLAG, Kempen
Fotos: S. 7: © dephoto – Fotolia.com, S. 8: © Sylvia Salveter – Fotolia.com, S. 18:
© Jan Will – Fotolia.com, S. 21: © Schlierner – Fotolia.com, S. 22: © Motte 62 –
Fotolia.com, S. 41: © Grischa Georgiew – Fotolia.com, S. 48: © braverabbit –
Fotolia.com, S. 52: © benqook – Fotolia.com, S. 67: © Sebastian Kaulitzki –
Fotolia.com, S. 68: © rolffimages – Fotolia.com, S. 78: © Doc RaBe – Fotolia.com,
S. 92: © makuba – Fotolia.com, S. 98: © Sabine Bochmann – Fotolia.com, S. 107:
© FM2 – Fotolia.com, S. 108: © sonne fleckl – Fotolia.com, S. 122: © Otmar Smit –
Fotolia.com, S. 140: © Mari Z. – Fotolia.com
Druck / Bindung: GrafikMediaProduktionsmanagement, D-Köln

Printed in Germany

Bestell-Nr.: BP10, ISBN 978-3-86740-368-9

Friedhelm Eymael

Niederrheinblues

BUCHPROJEKT
VERLAG

„Denn so wie ihr Augen habt, um das Licht zu sehen, und Ohren, um Klänge zu hören, so habt ihr ein Herz, um damit die Zeit wahrzunehmen. Und alle Zeit, die nicht mit dem Herzen wahrgenommen wird, ist so verloren, wie die Farben des Regenbogens für einen Blinden oder das Lied eines Vogels für einen Tauben."

(aus „Momo" von Michael Ende)

Inhaltsverzeichnis

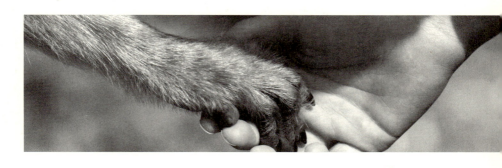

Tierisches ...
oder einfach nur allzu Menschliches

Blauwal und Buckelwal

Blauwal und Buckelwal

Ein Blauwal und ein Buckelwal,
die schwimmen im Atlantik.
Der eine war altliberal,
der andere schwärmt von bayrischer Romantik.

Sie treffen sich im Grönlandeis
und fangen an zu quatschen.
Der Blauwal meint, das Eis ist weiß,
und rot sind die Apachen.

Der Buckelwal erklärt den Weg
und seine Wählerfangstrategie.
Der Blauwal will sein Privileg
für kapitalgebundene Ökologie.

So hörte man sie diskutieren
in ihrem Walgesang.
Wer wird heute wohl verlieren?
Politik, die dauert immer lang.

Der Blauwal schwimmt letztendlich weiter
und macht sich aus dem Staube.
Das Wetter ist wolkig bis heiter.
„über 10 % – das ist sein Aberglaube".

Der Buckelwal ist tief enttäuscht
und macht die Westerwelle.
Das Wasser ist salzig bis feucht
und kalt, auf alle Fälle.

Die Klapperschlange

Es lebte eine Klapperschlange
unter einem Stein
allein.

Dort klapperte sie so vor sich her
immer etwas lauter
vertrauter.

Dann wurde sie müde vom Geplapper
sie fühlte sich einfach
schlapper.

Denn seit Tagen hat sie vergessen,
ganz hungrig, etwas zu
fressen.

Jetzt starb die arme Schlange
unter dem Stein
allein.

Auch wenn Du allein mit Dir sprichst
bist auf Dich ganz versessen:
Wichtig ist das „Essen".

Die Mücke

Nachts liege ich in meinem Bette,
weil ich was zu schlafen hätte.

Um meinen Schlaf rasch anzuregen,
will ich mich hin und her bewegen.

Doch durch die einfache Bewegung,
verlier ich jegliche Erregung.

Alles ist still, alles ist dunkel,
mag sein, dass draußen die Sterne funkeln.

Doch dann plötzlich, ein leises Summen,
dann sich verstärkend, ein lautes Brummen.

Knapp am rechten Ohr vorbei,
eine Mücke eilt herbei.

Dieses dumme Rüsseltier,
hier in meinem Schlafrevier?

Meine Hand fliegt blitzesschnelle,
zur angenommenen Haltestelle.

Doch die Mücke war nicht mehr
dort, laut wie ein Gewehr,

meine schnelle Hand gelandet
und mein Ohr ganz rot verwandelt.

Warte nur, ich kriege Dich!
Und ich mache blitzschnell Licht.

DIE MÜCKE

Meine beiden Augen wandern,
von der rechten Wand zur andern.

Suchen an der Decke lang,
hinterm Kopf und irgendwann,

haben sie das Tier entdeckt,
das mich aus dem Schlaf geweckt.

Langsam dreh' ich mich im Bette,
eine Hand zum Hausschuh recke;

der jetzt als Waffe dienen soll,
die Idee, die find' ich toll.

Ich greif' mit meiner starken Hand,
diesen Waffengegenstand.

Hole aus und ziele richtig,
denn das Treffen ist sehr wichtig.

Ruhig führt meine Hand den Schuh,
wenn ich treffe, hab ich Ruh.

Der Pantoffel landet haargenau
auf dem Bild von meiner Frau.

Dieses fliegt vom Nachttisch runter
und die Mücke, die bleibt munter.

Düst mit schnellen Flügelschlägen
einem andern Platz entgegen.

Wieder such' ich mit Akribie
dieses kleine Mückenvieh.

Da! Dort hinten in der Ecke,
sitzt das Tier in dem Verstecke.

Langsam und auf leisen Sohlen
will ich den Erfolg mir holen.

Mit dem Hausschuh in der Hand
komme ich zur rechten Wand.

Hole aus, mit kurzem Knalle,
und das Mückentier ist: ALLE!

Kurz darauf lieg' ich im Bett,
alles warm und auch sehr nett.
Suche schnell den tiefen Schlummer,
ein Geräusch, das macht mir Kummer.

Leises Summen kommt schon näher,
wieder so ein Mückenspäher.

Denn das Fenster, das war offen
und vom Licht total besoffen
kamen viele Mücken klein
durch den Spalt von draußen rein.

Hab' mich dann der Übermacht ergeben
und rasch wie schnell, klein beigegeben.

Trotz ständig bösartigem Brummen,
ist mir das Einschlafen gelungen.

Hahn und Henne

Die Henne gackert in ihrem Stall:
„Wo sind meine Eier all'?"

Der Hahn kommt ganz verschreckt dazu:
„Was hast du nur, du dumme Kuh?"

Die Henne darauf ganz erbost :
„Wo sind meine Kinder bloß?"

Der Hahn ganz stolz dahermarschiert:
„Mir wäre so was nicht passiert."

„Du kannst auch keine Eier legen",
meint da die Henne ganz verwegen.

Der Hahn voll Zorn macht groß Geschrei:
„Was ist denn da schon groß dabei?

Du hockst dich hin, mal kurz gedrückt."
„Mensch Hahn, du bist total verrückt",

die Henne laut vor Lachen gackert.
Der Hahn ganz schnell nach oben flattert.

„Du kannst es ja 'mal kurz probieren,
kannst auch den Vorgang gut studieren".

Die Henne spielt die Lehrerin.
Der Hahn schaut ganz genau dahin.

Doch später, als er dann allein,
da drückt er arg, das arme Schwein.

Kein Ei kam bei der Müh' zustande,
des Hahnes Stolz wurde zur Schande.

Der Hahn bald zu der Einsicht kam:
Das Eierlegen nur die Henne kann.

Drum stieg er auf die höchste Stange
und krähte nur noch laut und lange.

Schlange und Regenwurm

Es lebte mal ein Regenwurm
in einem Wasserturm.
Da lebte er sehr lange,
mit einer blinden Schlange.

Die Schlange sprach zum Regnwurm:
„Was siehst du außerhalb vom Turm?"
„Da war ich nie", sprach da der Wurm,
„ich war nie außerhalb vom Turm".

„Dann geh, sieh nach, erzähl mir was",
die Schlange sprach, und irgendwas
hat dann den Wurm dazu bewegt,
dass er vor die Türe geht.

Doch kaum trat er zum Turm hinaus,
fraß ihn ein Vogel, welch ein Graus.
Jetzt sitzt die Schlange noch im Turm
und wartet auf den Regenwurm.

Hoffnung

Dort unten, ganz tief
und drunten im Mief,
lebt eine Ratte.

Was sie hatte,
war Speck
und Dreck.

Kam ein Mäuslein,
ganz klein,
aber schlau,
in den Rattenbau.

Es machte die Welle
und ganz blitzesschnelle,
war der Rattenspeck
plötzlich weg.

Auch kleine Wesen,
können am Speck der Großen
genesen.

Ich bin ein Pinguin

Ich bin ein Pinguin

Ich bin ein Pinguin und trag schwarz-weiß
mit einem gelben Schnabel.
Man sagt, wenn es mir kalt ist, wär mir heiß,
das ist absolut indiskutabel.

Ich lebe seit Jahren nur am Südpol,
ganz ohne Reisemöglichkeit.
Zwar fühle ich mich dort ganz wohl,
doch stinkt mir diese Abgeschiedenheit.

Ich würde mal gerne Urlaub machen,
mit Sekt und Frühstück, in einem Bett,
doch gibt es solche schönen Sachen,
nicht hier, trotz Südpol-Star-Jackett.

Leichtigkeit ...
oder manche Dinge sind schwerwiegend

Am See

Am See

Es ist früher Morgen und die Sonne geht auf. Langsam laufe ich auf einen See zu. Dabei sehe ich in ihm die Sonne aufgehen. Sie spiegelt sich im tiefen blauen Wasser, die Oberfläche wirkt wie ein in sich ruhender Spiegel.

Das Ganze läuft in meinen Gedanken ab und entspricht nicht der Realität. Ein Wunschgedanke, der meine innere Anspannung beruhigen soll, es aber nicht schafft, sondern immer nur kurze Sequenzen der Ruhe einspielt.

Andere Gedanken behalten die Oberhand und spiegeln meine wirkliche Realität und signalisieren mir ein inneres Chaos aus allem, was meine Gedanken produzieren.

Meistens halten sie sich in der Vergangenheit oder in der Zukunft auf und jeder Gedanke trägt eine Bewertung. Positiv oder negativ. Diese Beurteilung hat in noch älteren Gedanken ihren Ursprung.

Die Sonne steigt langsam höher und es ist angenehm warm. Es duftet nach Wald und Morgenfrische. Die Schuhe habe ich ausgezogen und fühle den Boden unter meinen Füßen. Ich habe die Wahl zwischen Sand, Gras oder kleinen Kieselsteinen, doch ich will mich nicht festlegen. Alles unter meinen Füßen ist gut, weil es mich trägt. Noch weiß ich nicht, wohin.

Planlos wickeln sich meine Gedanken in der Realität auf und ab. Es entsteht ein Netzwerk aus Wahrscheinlichkeiten, die sich zweifelhaft bemühen, Wahrheit zu werden. Immer wieder suchen sie in der Vergangenheit die Bestätigung für ihre Berechtigung, in mir sein zu dürfen. Häufig sind sie nahe daran, mir die absolute Wahrheit vorzuspielen.

Doch ich stelle sie immer wieder in Frage und verwickle die Rolle, auf der sich die Gedanken abspulen, immer mehr, sodass sich nach und nach ein nicht mehr aufzulösendes Knäuel ergibt. Es hat die unterschiedlichsten Anfänge und Enden und nichts ist miteinander verbunden.

Inzwischen habe ich meine Kleider ausgezogen und fühle den leichten Morgenwind auf meiner Haut. Sanft streichelt er mich und lässt an den verschiedenen Stellen eine kleine Gänsehaut entstehen.

Hummeltitten, denke ich, und meine Seele lächelt. Der Geschmack des Morgens liegt auf meiner Zunge und fängt an, sich in meinem Körper zu verteilen. Langsam dringt er in jede Zelle und lässt kleine Glückexplosionen detonieren. Es kribbelt überall angenehm.

Mein realer Kopf fängt an, sich etwas leichter zu fühlen und die zahlreichen Gedankenknäuel zerplatzen allmählich, ohne dabei laut zu werden, wie Seifenblasen. Eine mir nicht bekannte Leere beginnt, sich auszubreiten. Teile meiner Gedanken sind jetzt in absoluter Alarmbereitschaft und versuchen, die entstehende Leere mit unwichtigen Tatsachen aufzufüllen.

Die Nichtigkeiten in meinen Gedanken nehmen ab und verlieren sich. Es wird friedlicher in mir, obwohl Restgedanken mir nur eine trügerische Ruhe einreden wollen. Sie warnen vor einer Explosion mit schwerwiegenden Folgen. Sie drohen mit dem Ende meiner Existenz und bauen immer neue Angstfelder in meinem Kopf. Die Strategie lautet Größe und Stärke, statt Menge.

Ich habe beschlossen, schwimmen zu gehen und laufe in freudiger Erwartung auf das Seeufer zu. Vorsichtig stecke ich den großen Zeh ins Wasser hinein. Es hat eine angenehme Temperatur, die eine echte Erfrischung verspricht.*

Vorsichtig mache ich die ersten Schritte ins Wasser und konzentriere mich auf das, was mein Körper zu fühlen beginnt: Den Unterschied zwischen der Wasser- und Lufttemperatur, der mir ein Gefühl der Wahlmöglichkeit vermittelt, was ich in dieser Form nicht kenne.

Ich stürze mich mit einem beherzten kleinen Hüpfer kopfüber ins Wasser und freue mich auf das Gefühl der Leichtigkeit und vom Wasser getragen zu sein. Die Schwere meines Körpers schwindet dahin. Meine Seele wird leicht und mit dieser Leichtigkeit fällt auch die Schwere aus meinen Gedanken.

Mit jedem Untertauchen habe ich das Gefühl, meinen Körper und meine Seele zu reinigen. Bei jedem Auftauchen hole ich mit dem Atmen neues unverbrauchtes Leben zu mir. Die Angst aus meinem Kopf ist wie weggeblasen. Ich kann sie nicht mehr wahrnehmen. Sie ist nie wirklich real gewesen.

Jetzt werde ich jeden Morgen schwimmen gehen.

Mord in der Muckibude

Draußen regnete es. Nicht, dass das ein besonderes Ereignis war. Es regnete sehr oft. Nur heute war es noch etwas unangenehmer, denn es hatte sich ein nicht zu unterschätzend starker Wind dazugesellt.

Bei diesem Wetter würde man keinen Hund vor die Tür jagen.

Es kostete mich erhebliche Überwindung, mir eine Jacke anzuziehen und die wenigen Schritte zum Auto zu laufen. Bei diesem kurzen Weg zerrte der Wind an mir, und die dicken fetten Tropfen klatschten mir ins Gesicht.

Ich war erleichtert, als ich die Autotür hinter mir geschlossen hatte. Der Regen prasselte gegen die Windschutzscheibe und ich beobachtete, wie die Tropfen sich zu kleinen Bächen vereinigten, um dann langsam, ständig die Richtung wechselnd und der Schwerkraft folgend, an der Scheibe herunterliefen.

Sollte ich wirklich den Motor starten? Noch war es Zeit umzukehren, sich gemütlich ins Bett zu legen oder mit einem dicken Buch das hässliche Wetter und die Außenwelt auszuschalten. Aber mein Verstand hatte eine Entscheidung getroffen. Ich wollte das jetzt durchziehen, ohne Wenn und Aber.

Aber bevor ich den Zündschlüssel herumdrehte, um den Motor zu starten, hatte wieder die innere Auseinandersetzung mit meinem Plan in meinem Kopf die Überhand gewonnen. Sollte ich wirklich diese schändliche Tat begehen und all' meine Kraft dafür aufwenden?

Eigentlich war der Plan sehr einfach umzusetzen. Niemand würde mich daran hindern und letztlich hatte ich keine großen Konsequenzen zu befürchten. Niemand würde mich anklagen oder verfolgen. Das lag ganz einfach daran, dass keiner Zeuge meiner Tat werden würde. Alles war perfekt.

Ich glaubte, es befreite mich, wenn ich hinginge und meinen Plan in die Tat umsetzte. Brutal wollte ich nicht vorgehen. Nein, einfach meinen Impulsen folgen – und schon würde aus der perfekten Idee Wirklichkeit werden. Sicherlich ging es für das Opfer nicht ganz ohne Schmerzen aus, aber ich würde gewiss mitfühlen und die Todesängste ganz genau spüren und nachvollziehen können.

Ich drehte den Zündschlüssel um und setzte mein Auto rückwärts aus der Einfahrt. Meine Hände zitterten nicht, als ich vom Rückwärtsgang in den Ersten schaltete. Auch meine Augen fassten die Umgebung trotz des starken Regens auf und funkten an mein Gehirn, dass ich losfahren könnte. Kein bisschen Unruhe machte sich breit, obwohl mir bewusst war, dass es jetzt eigentlich zu spät war, umzukehren und den Plan fallen zu lassen.

Ich hatte das Gefühl, dass mein Auto den Weg zum geplanten Tatort von selbst fand. Sicherlich, ich war diese Strecke schon hunderte Male gefahren und hatte daher keine Schwierigkeiten, den Weg zu finden.

Ich kam meinem Fahrtziel näher und in meinen Gedanken konnte ich mehr und mehr das Opfer erkennen, das bei meinem Plan den Kürzeren ziehen würde und in die „ewigen Jagdgründe" einziehen sollte. Nun, es war sicherlich nicht das erste Mal, dass es den Kürzeren ziehen würde. Bei diesen Überlegungen wurde mir bewusst, dass mein Opfer eigentlich kein ES war, sondern ein ER.

Aber was spielte das im Moment für eine Rolle! Ich würde ihn oder es in der nächsten halben Stunde so oder so erledigen.

Ich prüfte bei einem kurzen Ampel-Stopp, ob ich für meinen Plan die erforderliche Ausrüstung mitgenommen hatte. Alles lag wohlgeordnet in der Tasche auf dem Rücksitz verpackt. Mein Gefühl sagte mir, dass ich nichts vergessen hatte, als ich heute morgen alles mit einer gewissen Routine in diese graue Sporttasche hatte verschwinden lassen. Die Tasche war absolut unauffällig und keiner, der mich heute morgen beobachtet hätte, könnte Rückschlüsse auf mein Vorhaben treffen.

Mein Ziel kam näher und in mir wuchs der Entschluss, endlich den Plänen Taten folgen zu lassen. Das Wetter hatte sich nicht verbessert und die Scheibenwischer hatten Mühe, die Windschutzscheibe von den Wassermassen zu befreien. Ich parkte das Auto und trotzte dem Wetter. Meine Tasche mit der erforderlichen Ausrüstung hatte ich fest gepackt.

Mit meiner Chipkarte verschaffte ich mir Zugang zum Inneren des Gebäudes. Das Bild meines Opfers wurde immer deutlicher. Plötzlich kam mir der Gedanke, dass es in irgendeiner Form hätte gewarnt sein können. Selbst diese Erkenntnis konnte mich aber nicht mehr aufhalten. Ich spielte die ganze Sache noch 'mal in

Gedanken durch und machte mich gleichzeitig bereit für den alles entscheidenden Angriff. Mit einer unheimlichen Ruhe entnahm ich die Ausrüstung meiner Tasche. Ich zog mich um, da mit leichterer Kleidung mein Vorhaben um einiges schneller und besser zu erledigen war. Ich würde sicherlich ins Schwitzen geraten.

Zielstrebig ging ich in die große Halle – und da war er. Jetzt musste es zur Entscheidung kommen. Mein Opfer machte noch einen letzten Versuch, mir zu entkommen oder ganz einfach mich umzustimmen, von mir Besitz zu ergreifen. Aber es hatte keine Chance.

Ich setzte mich auf das Fitness-Fahrrad, gab die erforderlichen Daten ein und trat in die Pedale.

Mein innerer Schweinehund zuckte ein letztes Mal, röchelte leise und bei der ersten kraftvollen Pedalumdrehung gab er seinen Löffel ab.

Ich hatte meinen inneren Schweinehund ermordet. Für die nächsten zwei Stunden gab er keinen Laut mehr von sich.

Morgen plane ich den nächsten Mord.

Geister

Es ist heut' eine schwarze Nacht,
die mich auch furchtbar bange macht.
Ich sitze hier und denk' an Geister
und warte auf den Obermeister.

Wir wollen heut' die Geister bitten
uns etwas von der Macht zu schicken;
die uns so ängstlich werden lässt
und die wir fürchten wie die Pest.

Denn könnten wir die Macht bezwingen,
dann könnte es uns auch gelingen,
die Angst für immer zu vergessen,
und darauf sind wir ganz versessen.

Nun ist der Obermeister da.
Wir sitzen um den Schwuraltar.
Der Meister weise Worte spricht,
ein altes Geister-Schwur-Gedicht.

Es ist ganz still um uns herum,
die Luft kommt in der Stille um.
Die Spannung steigt ins Uferlose;
ich esse Nüsse, aus der Dose.

Der Meister hebt die Hand beschwörend.
Ich stöhne laut und auch betörend.
Der Meister dreht die Augen rund
und schiebt sich Chips in seinen Schlund.

Der Raum bleibt dumpf und unbelebt.
Der Meister sich vom Stuhl erhebt.
Die rechte Hand zum Himmel weist
und er erklärt voll Heiterkeit:

„Die Dunkelheit hat nun ein Ende,
wir stehen vor der großen Wende.
Das große Licht wird uns erscheinen.
Wir werden dann vor Freude weinen.

Nach dieser langen Dunkelheit
herrscht Freude und nur Heiterkeit.
Wir werden nur im Lichte leben
und nur noch nach dem Höh'ren streben."

Noch ist es dunkel um uns her,
der Meister sagt nun gar nichts mehr.
Es herrscht nur Stille hier im Raum.
Ich bin erstaunt und atme kaum.

GEISTER

Wie lange in der dunklen Nacht,
hab' ich hier sitzend zugebracht?
Ich bin nicht sicher, ob die Geister
noch hören auf den Obermeister.

Vielleicht stört sie dies Chips-Gefresse,
vom Meister, bei der Geistermesse.
Auch bin ich müde vom Konzentrieren,
und Räucherstäbchenduft inhalieren.

Dann plötzlich zuckt es durch den Raum.
Es wird ganz hell, ich atme kaum.
Sind da die Geister angekommen
und haben das Dunk'le fortgenommen?

Ward jetzt des Meisters Geist erhellt,
wird jetzt die neue Welt erstellt?
Ich zittere an Leib und Seele,
mit mir vibriert die Wandpanele!

Was ist passiert? So denke ich.
Der Meister sieht mir ins Gesicht,
und blickt daher total verstört.
Er findet das jetzt unerhört.

Denn unsere traute Zweisamkeit,
beendet mit viel Heiterkeit,
mein Weib, die einen Schalter drückt
und uns damit der Welt entrückt,

der Welt der Geister, wie wir wissen.
Man wird nicht alles glauben müssen.
Denn in dem Licht von 150 Watt
wird auch der Glanz vom Guru matt.

So wird die Sitzung jäh beendet,
weil Strom uns die Erleuchtung spendet.
Doch Geister geben niemals Ruh'
und ich hab' Angst, so ab und zu,
im Dunkeln – und das geb' ich zu.

Wünsche zum Geburtstag

Alles was Dich glücklich macht
am Tag und in der dunkeln Nacht.
Das wünsch' ich Dir zum Jahrestag,
weil ich als …* Dich sehr mag.

Ich wünsch' Dir Glück, ganz ohne Geld,
drum habe ich für Dich bestellt:

Eine laue Sommernacht,
auf Deinem Balkon verbracht,
unter klarem Sternenzelt,
ganz zufrieden mit der Welt.

Ein Kinderlachen schon am Morgen,
vertreibt Dir Deine Alltagssorgen.
Du wirst mit einem Kuss geweckt
und hättest Dich vor Glück erschreckt.

Das wünsch' ich Dir zum Jahrestag,
weil ich als …* Dich sehr mag.

Mal tanzen bis die Füße wehtun,
mal einfach gackern wie ein Huhn.
Spazieren geh'n im warmen Regen
und sich auf die nasse Wiese legen.

Ein dickes Kompliment bekommen
und davon einfach ganz benommen,
spontan 'mal eine Sause machen,
vor lauter Glück dann nur noch lachen.

Das wünsch' ich Dir zum Jahrestag,
weil ich als …* Dich sehr mag.

Lauf' einmal barfuß durch den Sand,
bei blauem Himmel, weitem Strand.
Du wirst am Nacken leicht massiert
und freust Dich drauf, was noch passiert.

Du fühlst kühlen Wind auf Deiner Haut
und drehst Dich um, wer nach Dir schaut,
hörst Regen an die Scheibe klopfen,
und den defekten Wasserhahn laut tropfen.

Das wünsch' ich Dir zum Jahrestag,
weil ich als …* Dich sehr mag.

Du kannst einmal die Stille spüren,
lässt Dich ganz spontan verführen.
Hörst im Moment der Depression,
„Don't worry, be happy" am Telefon.

Du findest in der Post einen Brief
persönlich und gefühlvoll tief.
Du siehst zarte Wolken sich spiegeln im See,
kommst zu Dir zurück nach einer Odyssee.

Das wünsch' ich Dir zum Jahrestag,
weil ich als …* Dich sehr mag.

Denk an den Kaffeeduft am Morgen,
er vertreibt gleich alle Sorgen.
Auch wenn Du die Sonne aufgehen siehst,
meinst Du, Du wärst im Paradies.

Sieh' eine Blumenwiese, ein schlafendes Kind
und fühle, wie verbunden wir sind.
Rieche Erdbeeren oder heißen Kakao,
denn dann alleine weißt Du genau:

Glück ist ein Zustand von Flüchtigkeit,
man kann es nicht fassen,
drum kann es nicht lassen,
zu kommen, zu gehen,
es ist schwer zu verstehen.

Es verhält sich das Glück wie die Liebe,
ich kann beides nicht stehlen, wie Diebe.
Doch wenn ich es teile, wird es doppelt so viel
so ganz einfach ist dieser Deal.

Das wünsch' ich Dir zum Jahrestag,
weil ich als ...* Dich sehr mag.

* Anmerkung: Hier kann der Name des „Adressaten" genannt werden.

Sommergedanken

Es ist ein heißer Sommertag
mit fürchterlicher Hitze.
Ein Tag, den ich besonders mag,
weil ich so trefflich schwitze;

auch, wenn ich nur sitze.

In meinem Gartenteich schwimmt stumm,
der eine kleine Fisch herum.
Nur selten seh' ich, wie er schwimmt,
weil er sich so gewandt benimmt.

Ich weiß nicht, ob das stimmt?

Mein Weib liegt auf dem Liegestuhl
und schaut zum Himmel auf.
Sie hätte gern 'nen Swimmingpool,
wie kommt sie da bloß drauf?

Ich mach' die Gartendusche auf.

Unsere Liebe, die schläft tief …

Unsere Liebe, die schläft tief
in diesem schönen Alltagsmief.
Wir wollten sie einmal erwecken
und blieben in Problemen stecken.

All' die nicht gesagten Sachen,
all' das nicht gelachte Lachen,
all' die nicht gefühlte Liebe,
all' die nicht gelebten Triebe.

All' das war ein großer Haufen.
Wir sind davor davongelaufen.

Komm' wir schau'n uns in die Augen,
wir wollen aneinander glauben.
Komm' und lass' uns neu beginnen
und uns lieben wie von Sinnen.

Unsere Liebe schläft nicht mehr,
spontan und ehrlich kommt sie her.
Wird mit jedem Tag mehr offen,
lässt uns für die Zukunft hoffen.

Nur noch tolle Sachen machen,
nur noch miteinander lachen,
nur noch Zärtlichkeit verteilen,
nur noch fühlen und verweilen.

Nur noch offen sein und handeln,
das wird unser Leben wandeln.

Komm' wir schau'n uns in die Augen,
wir wollen aneinander glauben.
Komm' und lass' uns neu beginnen
und uns lieben wie von Sinnen.

Skurriles ...
oder manchmal bin ich verrückt

Spiegelei

Durch die Wüste steppt ein Huhn,
es hat nicht viel zu tun.
Drum legte es ein Ei
und gackerte dabei.

Ein großer, dicker Elefant,
der trat nicht sehr galant,
alsbald aufs frisch gelegte Ei
und das zerbrach dabei.

Im Wüstensand liegt gelb und weiß,
ein Spiegelei, und es ist heiß.

Der Struwelpeter (Versuch einer Neufassung)

Sieh einmal, hier ist ein Punker,
pfui, ein echter Junker.
Ohrenstecker, Piercing, jede Menge,
damit er auffällt im Gedränge.
„Pfui", ruft da manch' alter,
konservativer Buchhalter.
Denn Vorurteile gibt es viele,
wie im Watt die Rücklaufpriele.

Limericks

Ein Astrologe in einem Observatorium
der guckte lange am Himmel rum.
Doch war zum Verrecken,
heut nichts zu entdecken,
drum kaute er an den Nägeln rum.

Ein Biertrinker im Bayernland,
fand schales Bier eine Gottesschand'.
Drum hat er jegliches Bier vernichtet
und somit seine Pflicht verrichtet.
Er starb etwas später mit wirrem Verstand.

Der Bargeldbestand auf dem Konto
muss immer im „Plus" sein – pronto.
Doch wie das so geht,
öfters „Minus" dort steht,
da hilft dann auch kein Lamento.

Ein Hellseher aus Liederscheid,
der konnte sehen sehr, sehr weit,
wie er so schaute in die Ferne,
stand ganz in der Nähe eine Laterne.
Er traf mit dem Kopf diese Kleinigkeit.

Ein Liebhaber auf Norderney
aß abends immer ein Ei.
Das gäbe ihm Kraft,
damit er es schafft
mit einer, zwei oder drei.

Eine Naschkatze aus Paderborn,
die lag beim Tortenessen vorn'.
Doch wie sie so schmatzte
und dann plötzlich platzte,
hatte sie das Rennen verlor'n.

Ein Goldfisch schwamm ganz stumm
in seinem Aquarium herum.
Mit einem kühnen Satz,
machte er im Aquarium Platz.
Das war dumm, jetzt jappst er auf dem Boden 'rum.

Türkische Spezialität

In einem dunklen, tiefen Loch
saß einsam und verlassen,
ein ganz normaler
Frittenkoch,
mitten in Kartoffelmassen.

Von oben goss man Öl hinein
und unten rasch ein Feuer.
Bald werden Fritten fertig sein:

Mit Gyros, gar nicht teuer!

Alle reden vom Wetter

Alle reden vom Wetter. Es regnet, pausenlos, immer mehr Tropfen – und immer wieder fallen diese Teile vollkommen unsortiert irgendwo hin.

Ich sollte mich auf die Suche machen und die Wege dieser Tropfen ergründen, mit ihnen auf die Reise gehen in die Tiefen des Erdreiches, in die Dachrinnen dieser Welt und dann in lange Abflussrohre einem unbestimmten Ziel entgegen.

Meine Größe hindert mich daran und meine Gedanken sind blockiert, um der unendlichen Vielzahl von Möglichkeiten einen Ausdruck zu geben.

Ich lasse es also ruhig weiterregnen und hoffe auf besseres Wetter, um dann über Sonnenstrahlen und UV-Licht nachzudenken.

Formel 1

Formel 1

Brumm, brumm, brumm –
heut' fahren wir im Kreis herum.

Schumm, schumm, schumm –
das ist doch gar nicht dumm.

Bumm, bumm, bumm –
gleich ist die Zeit schon 'rum.

La, le, lu –
und alle schauen zu.

Mih, mäh, muh –
ich verdien' mein Geld im Nu.

Meins, deins, seins –
Das ist die Formel Eins.

Piep, piep, piep –
wir haben Schumi lieb.

(Der Begriff „Schumi" lässt sich jederzeit durch etwas anderes ersetzen. Falls Sie den Text singen, sind nur zwei Gitarrengriffe nötig. Nach Risiko und Nebenwirkungen fragen Sie den Texter oder den Komponisten.)

Meine Geschichte
zum Wochenende

Der liebe Gott saß am Rande des Universums und ließ seine Beine baumeln (obwohl ich nicht weiß, ob er Beine hat).

Nur wenn seine Beine so wären wie unsere Beine, könnte ich diesen Ausdruck gebrauchen. Aber wie immer bin ich mir nicht sicher, ob ich die Bewegungen der Beine als baumeln bezeichnen kann, zumal ich nicht weiß, wie seine Beine genau aussehen. Vielleicht sind die Beine dicke Bäume, die sich auch im Wind bewegen; Säulen, die sich durch Erdbeben erschüttern lassen oder einfach nur kleine Schmetterlinge, die mit ihren Bewegungen die Welt verändern.

Jedenfalls ging es dem lieben Gott gut. Er hatte Wochenende. Vielleicht auch nicht, da er diesen Begriff nicht kannte. Im Prinzip hatte er immer Wochenende. Oder hatte er nur das Gefühl, dass es Wochenende war. Was war eigentlich ein Wochenende? Diese Fragen stellte er sich nicht. Er schien nur sehr zufrieden zu sein, was er am Rande des Universums so zu sehen bekam.

Aber ich bin mir nicht sicher, ob wirklich am Rande von allem was ist; dicke Bäume, Säulen oder Schmetterlinge existieren. Denn das Ende von allem was ist, ist sehr wahrscheinlich nicht der Rand des Universums.

Jedenfalls war die gesamte Atmosphäre sehr friedlich und ein Stück nahe am Glück. Alles war für den lieben Gott sehr einfach zu überblicken, denn von einem Rand aus kann man bis in die Mitte schauen – allein in meiner Vorstellung.

Mit Sicherheit gibt es beim lieben Gott neben den drei Dimensionen, die ich so kenne, etliche dazu: zwei, drei oder zehn?

Am Rande des Universums lag Schnee. Da es im Weltraum manchmal sehr kalt werden kann und Wasserstoffatome die Neigung haben, sich mit vorhandenem Sauerstoff zu verbinden, gibt es dann bei Kälte Schnee.

Der liebe Gott hatte aber einen dicken Mantel an und mit einem kleinen Fingerzeig ließ er es schneien oder es hörte einfach auf. Er war sehr zufrieden mit sich und der Welt.

Ich versuche mir vorzustellen, wie es am Rande des Universums aussieht und male eine tiefe schwarze Landschaft in meine Augen. Also sehe ich nichts und auch der Gott ist verschwunden.

Das Universum ist unendlich und somit kann der liebe Gott nicht am Rande davon sitzen, nur immer in der Mitte. Das, in erster Linie, damit er die Übersicht behält. Aber will er das?

Will er überhaupt da sitzen?

Nun, er hat den Schnee erfunden, die Bäume, die Erdbeben, den Rand des Universums, Wasserstoffatome, Sauerstoff, Wärme, Kälte, die Dimensionen und auch die Schmetterlinge.

Vielleicht auch das Wochenende, aber er hat immer frei.

Manchmal ärgert er sich, der liebe Gott, dass er trotz aller Erfindungen bisher noch keinen NOBEL-PREIS bekommen hat.

Aber eigentlich ist es ihm egal, solange er seine Beine am Rande des Universums baumeln lassen kann und keiner fragt, wann das Wochenende zu Ende ist.

Vielleicht lässt er es auch nur noch mal kurz schneien.

Politisches Ostern

Politisches Ostern

Die Familienministerin hatte eine großartige Idee. Sie wollte alle ihre Kollegen zum Osterkegeln einladen.

Kurzerhand beauftragte sie ihren Staatssekretär, diese Idee umzusetzen. Der war allerdings wenig begeistert, da er sich benachteiligt fühlte, weil er nicht eingeladen werden sollte.

Es war nicht schwierig, in Berlin eine freie Kegelbahn zu bekommen, und so hatte er, nach kurzem Arbeitseinsatz, alles organisiert.

Leider hagelte es kurz vor den Feiertagen aus fast jedem Ministerium Absagen.

Schmollend sah die Familienministerin sich eine Absage nach der anderen an. Was hatte sie nur falsch gemacht?

Der Staatssekretär erhielt jetzt den Auftrag, die bereits reservierte Kegelbahn mit Rentnern aus den umliegenden Altersheimen zu besetzen, da andernfalls ein Ausfallgeld an den Betreiber der Bahn zu zahlen war. Das war jedoch im Haushalt des Familienministeriums nicht vorgesehen und konnte Schwierigkeiten bei den immer wieder stattfindenden Prüfungen des Bundeshaushaltsausschusses geben.

Auch diese Aufgabe erledigte der Staatssekretär schnell und unbürokratisch, wobei er sich und seine Familie als Gäste mit einplante, was die ganze Sache weniger aufwändig machte und enorme Telefonkosten sparte.

Die Familienministerin schmollte noch einmal und fragte sich, was denn ihre lieben Kollegen so alles zu Ostern erledigen wollten und nicht einmal zwei Stunden Zeit hatten, um eine ruhige Kugel zu schieben.

Außerdem hatte sie jetzt viel nachzudenken, mit welchem Event sie die Ministerfamilie denn zu Pfingsten überraschen konnte. Vielleicht mit einem Skat- oder Pokerabend?

Derweil saß der Umweltminister an seinem Schreibtisch und plante das Osterwetter. Gutes Wetter ist gut für die Wirtschaft. Hierüber hatte er lange mit dem Wirtschaftsminister diskutiert.

Die Überlegungen, Sonnenschein in Spanien einzukaufen, verliefen jedoch im Sande. Die Spanier hätten zwar das Geld gut gebrauchen können, sahen aber enorme Transportprobleme, und einer der Regierungsmitglieder hatte den Umweltminister darauf hingewiesen, dass es zur Zeit noch keine Möglichkeit gab, dem Wetter vorzuschreiben, wie es so an bestimmten Tagen daherkommen sollte. Das sah der Umweltminister ein.

Vielleicht konnte man aber mit einem Großeinsatz der Bundesluftwaffe die Schlechtwetterwolken am Himmel einfangen und in Länder exportieren, die unter Wassermangel zu leiden hatten. Das müsste er unbedingt mal mit dem Verteidigungsminister und dem Entwicklungshilfeminister diskutieren. Also griff er zum Telefon und versuchte, die entsprechenden Kollegen zu konsultieren.

Der Verteidigungsminister war nicht zu erreichen. Er saß in der Sauna und ließ immer wieder kleine Tröpfchen Aufgusswasser auf die heißen Steine fallen. Dabei betrachtete er fasziniert die kleinen Dampfwölkchen, die entstanden und in die Höhe stiegen. Das zischte so schön und jedes Mal gab der Verteidigungsminister ein lautes „Oh" von sich und versuchte, das Dampfwölkchen mit der Hand einzufangen.

Diese Beschäftigung begeisterte ihn so, dass ihm der Gedanke kam, ob andere Menschen nicht ebenso gerne Dampfwölkchen einfangen mochten.

Die Taliban in Afghanistan zum Beispiel. Die würden auch sicher gerne in die Sauna gehen, da es ja in ihrem Land sehr kalt sein sollte. Also einfach jede Menge Saunen in dem Land installieren, die Taliban reinsetzen und tüchtig schwitzen lassen. Dabei Dampfwolken erzeugen, die sie dann einfangen sollten. Sicher würde denen das großen Spaß machen und sie wären mit etwas anderem beschäftigt, als Krieg zu spielen.

Das musste der Verteidigungsminister unbedingt auf der nächsten Kabinettsitzung mit seinen Kollegen diskutieren. Die Chefin würde begeistert sein, denn schließlich hatte sie Physik studiert.

Der Entwicklungshilfeminister hatte seine Wanderschuhe an und spazierte in seinem Wohnzimmer hin und her. Er trainierte für seinen Sommerurlaub. Hier hatte er einen vierzehntägigen Wanderurlaub rund um die Insel Rügen geplant, immer am Ufer der Ostsee entlang. Dieser Urlaub würde Inspiration für seine weitere Arbeit bedeuten. Schließlich konnte er sich dann eine Vorstellung davon machen, was Menschen aus den Entwicklungsländern so dachten, denn die waren fast nur zu Fuß unterwegs. Das würde ihm bestimmt wichtige Erkenntnisse bringen, um die Entwicklungshilfegelder entsprechend den tatsächlichen Bedürfnissen der Menschen einzusetzen. Zum Beispiel würden sie sicherlich Wanderschuhe brauchen.

Auch der Finanzminister war schwer beschäftigt. Er hatte die Glasflasche, in der er seit Jahren schon 1-Cent-Stücke sammelte, ausgeschüttet und rollte die Geldstücke zu schönen Rollen. Er überlegte, ob er nicht den gesamten Haushalt der Bundesrepublik mit nur 1-Cent-Stücken bestücken sollte. Das würde jede Menge Münzen bedeuten und jede Menge Zählarbeit. Durch diese wahnsinnige Menge an Münzen ließen sich sicherlich auch die zahlreichen Haushaltslöcher stopfen oder zumindest zuschütten. Außerdem würde man zusätzliches Personal einstellen müssen, um die Ein- und Ausgaben genau zu zählen. Das wäre die richtige Beschäftigung für die Harz-IV-Empfänger. Die würden dann auch länger brauchen, ihre Sozialleistungen zu zählen und hätten endlich eine sinnvolle Beschäftigung in Eigenverantwortung.

Ach, es war so richtig gut, einmal in Ruhe, ohne den politischen Alltag, über solche Dinge nachdenken zu können.

Zunächst würde er ab sofort das Taschengeld für seine Kinder nur noch in 1-Cent-Stücken auszahlen und genau beobachten, wie sich das auf das Konsumverhalten auswirken würde. Jedenfalls hatte er nach der Osterpause eine Menge guter Ideen für die folgenden Kabinettsitzungen.

Der Gesundheitsminister war dabei, seine Golfbälle zu sortieren. Mit seiner Frau hatte er am Karfreitag ein entsprechendes Ordnungssystem erarbeitet und jetzt ging er frisch ans Werk. Außerdem war ihm ganz plötzlich der Gedanke gekommen, an der Bereifung von Rollstühlen sparen zu können, indem er die Bereifung aus alten Autoreifen herstellen lassen würde. Das sollten seine Mitarbeiter direkt nach Ostern einmal durchrechnen. Sicherlich ließe sich da der ein oder andere Euro sparen und die Umwelt würde erheblich entlastet.
Außerdem könnte man auch die gesamte Produktion von Arzneimitteln in sogenannte Billiglohnländer verlagern. Auch das würde den Gesundheitshaushalt auf lange Sicht erheblich entlasten, weil die gesparten Produktionskosten sich auf die Preise auswirken würden.
Er jonglierte mit den Golfbällen und warf einen nach dem anderen in die bereitstehenden Kartons.

In den Weiten des Landes konnte man auch noch den Außenminister bewundern. Er stand in seinem Garten und steckte die Landesgrenzen neu ab. Neben den vielen Schildern, die markierten, wo er schon überall gewesen war. Dazu hatte er rote Baumwolle abgewickelt und auf seinem Rasen die Grenzen der einzelnen Länder, die er besucht hatte, gesteckt.
Er zurrte die Fäden an kleinen Eisenstangen, die er zuvor in den

Boden gesteckt hatte, fest, und bildete so die Landesgrenzen nach. Sein Schreiner musste immer kleine Holzstecker mit den Landesflaggen herstellen, damit er letztlich nicht die Orientierung verlor.

Gleichzeitig hatte er einen Plan erarbeitet, mit dessen Hilfe er die Ostereier verstecken wollte. In Frankreich zum Beispiel die Cognac-Eier, in Irland die mit Whiskey gefüllten Schokoladenhüllen. Seinem Lebensabschnittsgefährten hatte er schon vor Tagen einen genauen Einkaufszettel zukommen lassen, wo die vielen Spezialitäten zu kaufen waren.

Dann war doch diese blöde Einladung zum Kegeln gekommen und beim Schreiben der Absage hatte er doch tatsächlich etwas Rotwein über seine Gartenpläne laufen lassen. Das Glas war einfach umgekippt. Jetzt konnte er bestimmte Landesgrenzen auf seinen Plänen nicht mehr zweifelsfrei erkennen, und außerdem war er zum wiederholten Male über die Baumwoll-Landesgrenze zu Polen gestolpert. Er fragte sich allen Ernstes, was ihm das zu sagen hätte. Mochten die Polen seine Ostpolitik nicht?

Dabei sprach er eigentlich nur Englisch schlecht und in Polen war er nur einmal ganz kurz eingereist, weil er seinen Kumpel dort für die Moskaureise hatte abholen müssen.

Der Himmel zog sich mit zornigen schwarzen Wolken zu und bald würde es anfangen zu regnen.

Der Außenminister verknotete den letzten Baumwollfaden und zog sich ins Haus zurück, um seine Flugtickets abzuheften. Auch musste er seine Reisekosten von den letzten zwei Wochen noch abrechnen. Warum also sollte er Zeit haben, um zu kegeln?

Ihm kam aber der Gedanke, dass eine solche Einladung zum Kegeln beim nächsten G8-Gipfel gar nicht so schlecht rüberkommen würde. Man könnte ja auch statt neun Kegel nur acht aufstellen und schon würde die Sache ungeheueren Spaß machen, wenn er den einzelnen Kegeln auch noch Namen zuordnen würde. Dann könnte er jeden umschmeißen, den er wollte, und alle hätten Ihren Spaß. Letztlich könnte man auch noch auskegeln, wo das nächste Treffen stattfinden sollte und wenn er geschickt kegeln würde, könnte er der Regierung der Bundesrepublik jede Menge Kosten für die Organisation solcher Treffen ersparen.

Er freute sich darauf, immer den italienischen Außenminister rauskegeln zu können. Auf rechte Bauern war er gut eingestellt. Das würde auch der Chefin gefallen. Gott sei Dank regnete es nicht mehr und er konnte wieder in den Garten, um weiter die Landesgrenzen mit Baumwollfäden zu markieren. Die etwas blöd schauenden Nachbarn übersah er.

Unser Verkehrsminister wartete auf Gleis 8 auf seinen Anschlusszug. Er war auf dem Weg zu seiner Schwiegermutter. Hier musste er immer pünktlich erscheinen, da sonst die Soße zu dem genialen Ostermenü verkocht war und überhaupt nicht mehr so schmeckte, wie es die Schwiegermutter wollte.

Darum war er auch mit der Bahn gefahren und hatte sicherheitshalber 24 Stunden Verspätung einkalkuliert.

Also war er jetzt überhaupt nicht nervös. Es war einfach genial, mit der Bahn zu fahren und sich dabei so viele Anregungen wie möglich zu holen. Was konnte man im Zug nicht alles so machen? Vor allem nachdenken. Das war im Auto nicht möglich, weil man ja auf den Verkehr achten musste. Im Zug war das absolut anders und ihm kamen hier immer die besten Ideen.

Was wäre zum Beispiel, wenn er abkoppelbare Züge erfinden würde? Ähnlich wie bei Autobahnen gäbe es alle drei bis vier Kilometer eine Bahnausfahrt und der letzte Waggon des dahinrasenden Zuges würde einfach an jeder Bahnausfahrt ausgeschleust. Wie lang müsste dann ein Zug von Hamburg nach München sein? Welche Anzahl von Lokomotiven wäre erforderlich, um einen solchen Zug zu ziehen und wie viele Kunden würde man mit diesem System dazu bewegen, auf Bahnreisen umzusteigen?

Je mehr er über seine Idee nachdachte, desto mehr konnte er sich mit ihr anfreunden. Das würde den Verkehr in Deutschland revolutionieren.

Wann hatte er eigentlich zum letzten Mal Verkehr?

Das war schon etwas länger her und außerdem hatte ja nicht nur der Zug Verspätung.

Der Arbeitsminister hatte sich vorgenommen, endlich einmal wieder für die ganze Familie zu kochen.

Leider waren im ganzen Haushalt weder Kochtöpfe, Pfannen

oder Geschirr zu finden und die ganze Kochidee musste wohl scheitern, zumal die zahlreichen Kinder zu Ostern alle 'was anderes vorhatten und der Arbeitsminister nicht 'mal die Zahl der erforderlichen Kartoffeln für ein Ostermenü einschätzen konnte.

Vielleicht könnte er ja ein paar Obdachlose bekochen und anschließend mit denen einen guten Rotwein trinken?

Dann würde er erfahren, was die so denken und was sie sich noch vom Leben erwarten. Sicherlich würden sie ihm beim Kochen helfen, was ein erster Schritt ins normale Arbeitsleben bedeuten könnte. Er ging davon aus, dass alle Obdachlosen auch unter den widrigsten Umständen in der Lage sind zu kochen, denn irgendwas mussten die ja wohl essen.

Außerdem würden diese Leute jede Menge Tipps auf Lager haben und aus den billigsten Lebensmitteln die besten Gerichte herstellen können.

So könnte man alle Obdachlosen in Kantinen der öffentlichen Verwaltungen einsetzen, Lebensmittelkosten sparen und hätte gleichzeitig wieder ein paar Arbeitslose weniger. Super-Idee für nach den Feiertagen.

Inzwischen hatte die Familienministerin ihre Osterkegelidee aufgegeben und dachte über ein gemeinsames Picknick nach.

In diesem Sinne freuen wir uns auf viele gute und kreative Ideen unserer Regierung.

(Ähnlichkeiten mit tatsächlich lebenden und freilaufenden Politikerinnen und Politikern sind rein zufällig.)

E-Mail für Dich

Ich hatte per Mail die Nachricht erhalten, dass Bernd stark riechende Schweißfüße hatte. Nur war mir völlig unklar, wer Bernd war und woher ich ihn denn kennen sollte?

Außerdem hatte ich nicht das Gefühl, dass mir die Nachricht von irgendeinem Bekannten geschickt worden wäre. Mein Mail-Programm hatte die Nachricht auch nicht als unwichtige Werbemail aussortiert und der Absender „mulle@2010unisodo.de" war nicht in meinem Adressbuch gespeichert.

Also am besten diese Nachricht löschen und nicht weiter darüber nachdenken.

Aber eine innere Stimme hielt mich zunächst davon ab und ich war auch irritiert darüber, dass die Nachricht den Hinweis enthielt „unbedingt weiterleiten".

Banalitäten wie diese pflege ich normalerweise zu ignorieren. Warum sollte ich etwas weiterleiten, wovon ich nicht wusste, wo es herkam und was daran so wichtig sein könnte?

Ich entschloss mich, über diese neue Erkenntnis „Bernd hat stark riechende Schweißfüße" eine Nacht zu schlafen und dann zu entscheiden, was ich mit dieser Mail anfangen würde.

Eine spontane Entscheidung mit Folgen, die ich nicht voraussehen konnte.

Denn Bernd hatte wirklich stark riechende Schweißfüße und noch wussten es nicht alle daran interessierten und betroffenen Menschen.

Die Nacht war eine Vollmondnacht mit den allgemein vermuteten Schlafstörungen und den pausenlosen Gedanken an Bernds Schweißfüße, die irgendwo im Internet als digitale Information schlechte Gerüche verbreiteten.

Ich hatte ja die Möglichkeit, dieses schlecht duftende Inferno zu verhindern, indem ich mich an die Maßgabe „Weiterleiten" hielt und alle informierte und warnte. Zumindest die, deren Adressen mir bekannt waren. Der Schweiß und Geruch würde zwar nicht gestoppt werden, aber alle Menschen, die ich kennen würde, wären gewarnt.
Aber war nicht auch ein Bernd dabei?

Ich blätterte lange in meinem Gedächtnisadressbuch und war mir bald sicher, dass ich mehr als einen Bernd kannte.
Ein „Weiterleiten" der Mail hätte also peinlich enden können.
Es war gut, dass ich nicht spontan gehandelt hatte, sondern einen kühlen Kopf behalten hatte.

Damit war ich endlose Entschuldigungen oder Diskussionen mit Verwandten, Freunden oder Bekannten von vorneherein aus dem Weg gegangen.

In meinem Bett atmete ich spürbar auf. Ich hatte ein Chaos in meinen sozialen Kontakten eben noch verhindert.

Zumal ich nicht voraussehen konnte, wie viele meiner Bekannten einen Bernd oder mehrere mit diesem Namen wiederum in ihrer Bekanntschaft hatten.

Ich war erleichtert und fasste den Entschluss, die Mail morgen sofort zu löschen. Mit dieser klaren Entscheidung wollte ich wieder einschlafen.

Aber was war mit dem mir bekannten Bernd? Oder dem anderen Bernd?

Hatte nicht einer von den beiden wirklich einen etwas unangenehmen Geruch? Welcher von den beiden war meiner Nase schon negativ aufgefallen? Oder war es nicht doch der andere Bernd, der bei unseren letzten Treffen meinen in seiner Nähe getätigten Luftzügen eine unangenehme Duftnote versetzt hatte?

Ich dachte:

„Bleib auf dem Teppich und schicke diese blöden Gedanken in den Nachthimmel. Warum lässt du dich von einer solchen banalen Information so verrückt machen?"

Aber irgendwie half mir das nicht in meinen Schlaf.

Ich dachte nur noch über verschiedene Geruchsvarianten von Schweißfüßen nach und versuchte, mir die einzelnen Duftnoten in meine Nase zu holen, um mich zu erinnern, welcher Bernd so roch. Aber ich kam zu keinem Ergebnis.

Die Lösung konnte nur sein, dass ich mich beim Absender der Mail genau erkundigen würde, welcher Bernd denn wohl stark riechende Schweißfüße hätte. Vielleicht würde ich ja eine Antwort erhalten. Außerdem würde ich diesen Bernd dann mit Sicherheit nicht kennen und die ganze Sache wäre vergessen.

Aber warum sollte ich das ganze Thema so vertiefen. Letztlich hatte mich das Ganze schon eine schöne Mütze voll Schlaf gekostet. Trotzdem entschloss ich mich zu handeln.

Ich stand auf, ging in mein Büro und fuhr meinen Computer hoch, rief das Mail-Programm auf und öffnete die wichtige Information für alle, die einen Bernd kannten.

Dann klickte ich auf „Antworten" und schrieb: „Franz Josef auch."

Nach dem Absenden löschte ich alles und sperrte den Zugang für ankommende Mails mit dem Absender „mulle2010@unisodo. de" Ich habe nie eine Stellungnahme erhalten und konnte für den Rest der Nacht trotz Vollmond gut schlafen.

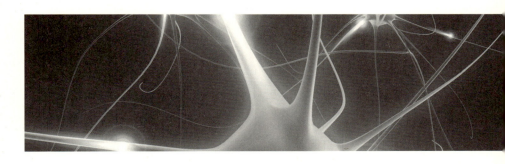

Gedankenmomente ...
oder plötzlich geht mir ein Licht auf

Traumgedanken

Traumgedanken

Ganz zart fühle ich in mir Träume wachsen. Sie haben keine Ansprüche auf Vollkommenheit. Auch sind sie im Moment nicht richtig für mich wahrzunehmen oder genauer zu beschreiben. Sie kommen als kurze Gedanken und leise Empfindungen in meinen Körper und versuchen, sich Platz zu schaffen. Doch sie sind vorsichtig und wollen bei ihrem Wachsen nicht gestört oder abgelenkt werden. Sie brauchen Stille und Geduld, um sich zu manifestieren. Außerdem ist Angst da, sie zuzulassen.

Ich will meine Arme ausbreiten, um sie anzunehmen, aber die weite Öffnung erschreckt sie, lässt sie sich wieder zurückziehen. Etwas sagt mir: Lasse sie in dich einströmen und fange an, dich ein wenig in ihnen zu verlieren.

Es sind Träume, die Geschichten erzählen. Geschichten voller Weisheit und Lebenserfahrung, voller Fantasie und Kreativität. Die Geschichten erzählen von den einfachen Dingen im Leben, wie sie uns allen passieren. Von den Menschen, Fabelwesen oder Helden, die ihren Weg zum Herzen gefunden haben und auf ihre Träume hören.

Meine Seele sucht nach der richtigen Nahrung für die zarten Pflanzen, doch mein Verstand fragt nur nach dem Nutzen. Träume sind Schäume und zu nichts zu gebrauchen. Doch diese Ansicht beginne ich, nicht mehr zu teilen. Ich merke, wie mein Herz aufgeregt schlägt, wenn es mit den Träumen in Kontakt ist. Ich höre meinen Verstand Einspruch erheben und ich möchte ihn ganz einfach abschalten.

Die Stimmen der Träume sind leise. Sie vertragen keinen Lärm und auch keine Ablenkung. Also versuche ich, mich zurückzuziehen, um besser zu hören. Lasse die lauten Menschen um mich herum zurück, gehe in den Wald, in einen geschützten Raum. Doch ich fühle gleichzeitig, dass dieser Raum in mir ist und fast schon zu klein für das, was an Träumen in mir wachsen möchte.

Ich sollte mir zunächst nur einen aussuchen und nicht so gierig sein, alle auf einmal zu sehen. Es könnte so sein, wie in dem Märchen von Tausend und einer Nacht. Jeden Tag nehme ich mir die Zeit, einen Traum anzuschauen und festzuhalten. Der Zeitpunkt dafür ist nicht wichtig. Ich muss nur meinen Wunsch, zu träumen, zulassen.

Es fällt mir schwer, an diesen Gedanken festzuhalten. Zu viele Einwände dringen aus meinen Verstand und machen die leise, zarte Welt zu einem Teil in mir, der dunkler wird und weiter von mir weggeht. Je mehr ich versuche, ihn festzuhalten, desto mehr verliere ich den Kontakt.

Der Verstand begreift diesen Gegensatz nicht. Wenn er festhält, bleibt es da, bleibt real und keiner wird es ihm wegnehmen. Dieses fremde, ungewöhnliche, anders reagierende Etwas ist ihm fremd und unheimlich. Warum verschwinden Träume, wenn er sie festhalten will.

Trotzdem brauche ich die kleinen Traum-Pflanzen und ich möchte sie pflegen. Sie sollen wachsen, damit ich sie besser wahrnehme und sie einen festen Platz in meinem Leben haben.

Meine Seele ist damit einverstanden.

Urteile

Ich produziere im Verstand:
Urteile –
und das ist allerhand.

Sie kommen und sie gehen:
Urteile –
kann ich nur nicht immer sehen.

Viele sitzen tief versteckt:
Urteile –
werden schwer entdeckt.

Ich bin ganz froh, wenn ich eins sehe:
Urteile –
auf die ich ganz besonders stehe.

Ich bin geneigt, sie abzustreiten:
Urteile –
kommen und gehen beizeiten.

Ich will, dass sie dann ganz verschwinden:
Urteile –
lassen sich nicht überwinden.

Es geht nur darum, sie anzunehmen:
Urteile –
gehören in mein Leben.

Ich will nicht vor ihnen wegrennen:
Urteile –
will ich klar für mich erkennen.

Ich weiß, sie sind nicht wirklich wahr:
Urteile –
sind leider immer da.

Doch plötzlich fällt mir etwas ein:
Was ich hier schreibe – wird doch wohl kein Urteil sein?

Schneeflocken

Schnee ist das Wasserelement, das mich heute am meisten beeindruckt hat. Schon am Morgen tanzen zahlreiche Schneeflocken auf die Erde herunter und bilden eine geschlossene Schneedecke, die alles zudeckt und die gesamte Landschaft in weiße Unschuld taucht.

Die Luft ist leicht feuchtigkeitsgeschwängert und schmeckt nach Schnee. Mit meinen Gedanken wandere ich zum Himmel und sehe das Grau der Wolken, die sich entladen. Oben, da, wo meine Gedanken ankommen, ist es kalt und doch sind die Millionen Wassertropfen eine Einheit, die ihrer Bestimmung entgegenwandern. Getrieben vom Wind ziehen die Wolken an einen Ort, den sie selbst nicht bestimmen können. Hier werden sie schwer, lösen sich auf und lassen aus der Einheit eine unendliche Vielzahl von einzelnen Individuen entstehen. Eben Schneeflocken, die so unterschiedlich sind wie wir Menschen. Jede Flocke ist ein eigenes Meisterwerk mit ganz individuellen Merkmalen.

Jede einzelne Schneeflocke macht sich auf den Weg zur Erde. Verlässt den Schutz der Wolke – und auf diesem Weg ist sie für sich etwas Besonderes, etwas Einmaliges. Sie erfreut sich sicherlich ihrer eigenen Schönheit, sieht ihre Brüder und Schwestern neben sich zur Erde fallen. Sie vergleicht sich vielleicht mit ihnen. Dabei stellt sie fest, wie ähnlich sie sich sind und doch ist jede ein Einzelstück. Manchmal ist sie froh, dass viele Schneeflocken mit ihr auf dem Weg sind und manchmal fühlt sie sich sicherer, wenn sie die neben ihr fallenden Flocken einfach übersehen kann.

Sie weiß nicht, dass um sie herum aus ein- und derselben Wolke viele andere Flocken denselben Weg einschlagen mit derselben Bestimmung. Sie kann nur den unmittelbaren Raum um sich selbst wahrnehmen. Dann hat sie Sehnsucht zurück zu ihrer Wolke, wo sie sich mit allen anderen verbunden fühlt. Ihre Einzigartigkeit ist ihr dann schnuppe. Aber diese Sehnsucht wird oft vom Glücksgefühl des freien Falls aufgehoben. Sie ist dankbar für ihre Freiheit und schwebt, getragen von der Luft und getrieben vom Wind, ihrem Ziel entgegen. Sie hat Angst, weiß nie, wo sie letztlich landet, doch auch Vertrauen und die Anziehungskraft der Erde geben ihr Sicherheit. Schließlich landet sie am Boden, verbindet sich mit ihren Brüdern und Schwestern und wird somit wieder zu einer Einheit. Der Zweck scheint erfüllt. Noch ahnt sie nicht, dass sie sich in einem fortwährenden Kreislauf befindet, der dann von neuem beginnt, wenn sie schmilzt, zu Wasser wird und sich erneut auf die Reise macht, deren Ziel ihr nicht bekannt ist.

Wie viel Ähnlichkeit liegt in den Wegen der Menschen und wie oft versuchen wir gerade das zu verdrängen, zu verleugnen und abzulehnen. Warum stellen wir uns über die Schneeflocke?
Nur weil wir sie auffangen können, einen Schneeball daraus machen oder sie mit Füßen treten?
Ich habe die Flockenpracht versucht zu genießen und die Wunder zu sehen, die passieren, wenn ich mich nur hingebe und beobachte. Es hat mich tief berührt.

19.30 Uhr

Nicht, dass ich mich um 19.30 Uhr über irgendwas aufregen würde. Um diese Uhrzeit ist nichts, aber auch absolut nichts Aufregendes passiert. Bei mir nicht. Sicher kann es sein, dass bei vielen
anderen die Spannung in dieser Minute ins Unermessliche gestiegen ist. Das will ich absolut nicht ausschließen. Aber ich kann
ja nun mal nicht überall dabei sein.

Wenn ich kurz nachdenke, was in dieser Minute alles so passiert
sein könnte, wird mir, ehrlich gesagt, ganz schwindelig im Kopf.
Alleine das Aufzählen von aufregenden Sachen, die mir einfallen, würde mich im Moment überfordern. Meine Gedanken
überschlagen sich so sehr bei dem Gedanken, was alles passiert
ist, passiert sein könnte und letztlich wirklich passiert ist, dass ein
Sortieren mir nahezu unmöglich erscheint.

Das sind nur meine Gedanken. Aber wie viele andere Menschen
haben um 19.30 Uhr gedacht und was für Gedanken haben sie
aus ihren Gehirnen herausgeschickt in die Welt. Wenn Gedanken Energie sind, könnte man sicherlich sehr weit damit Auto
fahren oder eine große Stadt abends prächtig beleuchten. Warum macht das keiner?

Nirgendwo sehe ich eine Lampe angehen, weil ich gedacht
habe, sie könnte angehen oder sollte angehen. Aber vielleicht
passiert das ja nicht vor meinen Augen, sondern weit, weit ent-
fernt, an irgendeinem Ort dieses Planeten und die Menschen,
die den Vorgang beobachten, wundern sich, dass ihnen ein
Licht aufgeht.

Aber es ist eigentlich nichts passiert. Nichts Aufregendes, nur der kleine Moment, der den Versuch darstellt, sich kurz zu sortieren und die eigenen Gedanken zu ordnen.
Ein manchmal hoffnungsloser Versuch.

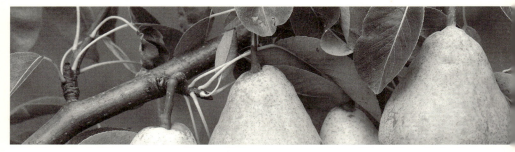

Der Birnbaum

Der Birnbaum

Ein Birnbaum wuchs in vielen Jahren,
er wurde stark und mächtig.
Er hat so manchen Sturm erfahren,
doch stand er groß und prächtig.

Im Frühjahr trieb er seine Blätter
und breitete sich aus.
Er trotzte jedem Wetter
Und hielt so manches aus.

Im Sommer wuchsen seine Früchte,
zu dicken Birnen, voll und rund.
Er hörte oft viele Gerüchte,
doch er blieb ganz gesund.

Der Herbst, er brachte reiche Ernte,
die Menschen waren froh.
Sie schätzten die besonderen Werte
und seine Birnen sowieso.

Doch in dem Baum rumorte was,
erst war es gar nicht klar.
Der Baum, er dachte voller Hass,
dass er nichts Besonderes war.

DER BIRNBAUM

Über all' die viele Zeit
war nie etwas passiert.
Die Langeweile macht' sich breit,
weil er nur funktioniert.

Im Frühjahr hat der Baum beschlossen,
was anderes zu probier'n.
Die Blätter, dachte er verdrossen,
die werd ich ignorier'n.

Mit aller Macht und festem Willen,
hielt er die Triebe dann zurück,
und dachte bei sich ganz im Stillen,
es kommt kein Blatt, was für ein Glück.

Es kostete Kraft, das Anderssein.
Der Baum, er kämpfte hart,
und immer gegen sich allein,
er hat nicht 'mehr gelacht.

Der Baum stand noch im Mai wie tot,
an seinem angestammten Ort,
und keiner half ihm in der Not,
er konnte auch nicht fort.

Die Zeit verging, der Baum blieb kahl,
er hatte, was er immer wollte,
doch schmeckte die Erfahrung fahl,
weil etwas in ihm grollte.

Er war in sich zurückgezogen
und alle seine Kraft,
war Widerstand, und schien verlogen –
und langsam schwand der Lebenssaft.

Ein Mensch besah betrübt den Baum,
befühlte Stamm und Äste.
Der Baum fühlte die Berührung kaum,
auch nicht die liebevolle Geste.

Dann kam das Ende schnell und knapp
und ohne Federlesen.
Der Baum war einfach furchtbar schlapp,
das war sein Anderssein gewesen.

Nun gibt es immer die Moral,
die so ein Vorgang mit sich bringt.
Sei wie du bist, normal?
Weil Anderssein Dir nicht gelingt.

Die Birne

Mitunter ist es sehr hilfreich, sich im freien Schreiben zu üben. Einfach versuchen, die Gedanken, die gerade durch den Kopf gehen, schnellstmöglich festzuhalten und aufzuschreiben, ohne dabei zu prüfen, ob sie richtig erfasst worden sind.

Vielleicht denke ich gerade an eine grüne Wiese mit blauen Blumen und wilden kleinen Hasen darauf, die immer wieder über grüne und hohe Hecken springen, die so schnell wachsen wie die Hasen.

Oder an Bienen, die nichts anderes zu tun haben als durch die Luft zu fliegen und die kleinen Fallschirme vom Löwenzahn einzufangen. Damit spielen sie dann Federball, statt Honig zu sammeln.

Andererseits ist es immer wieder einfacher, von Tieren zu schreiben, und dabei die eigentlichen Darsteller, die Menschen, zu vergessen.

Ich weiche also der Wahrheit aus, indem ich andere Figuren auf die Bühne des Lebens treten und sie die Dinge machen lasse, die ich eigentlich von Menschen erwarte.

Schade.

Aber auch Seifenblasen haben nur ein kurzes Leben und sind so vergänglich, wie alles andere auf diesem Planeten.

Nichts dauert ewig oder hat die Berechtigung, für immer da zu sein. Dieser Tatsache sollten wir uns bewusst werden, wenn wir morgens den Rasen schneiden und abends versuchen, auch noch das letzte Wildkraut an bestimmten Stellen zu entfernen.

Nichts ist so vergänglich wie die Zeit. Alles geschieht im Augenblick und wird dann schon Vergangenheit. Am nächsten Tag ist wieder neues Wildkraut gewachsen und verschandelt den Rasen mit einer affenartigen Geschwindigkeit. Keiner weiß, woher die vielen Samen gekommen sind und warum sie ausgerechnet immer auf dem Rasen landen.

Keiner weiß, warum Wildkraut nicht auf Rasen wachsen sollte.

Hilfe, ich denke an junge Hasen, die sich um die Wette vermehren wollen, ohne Kontrolle, aber mit dem Ziel, das Wildkraut in der Populationsmenge zu schlagen.

Manchmal versuche ich, ins Universum abzutauchen, um neue Planeten zu entdecken, die noch keiner vorher gesehen hat.

Planeten, die meiner eigenen Fantasie entsprechen und aus meiner Fantasie entstanden sind .

Ich weiß nicht, ob ich sie schön oder grausam werden lassen soll und ich erschaffe in meinen Gedanken die Welten, die mit meinen Gefühlen zum jeweiligen Zeitpunkt die größte Deckungsgleichheit haben.

Es sei mir erlaubt so zu denken, und durch die Kraft meiner Gedanken entsteht der Planet in Wirklichkeit irgendwo in den Weiten des Raumes.

Dort gibt es Hasen und Wildkräuter in gleicher Menge. Honigbienen spielen mit Löwenzahnfallschirmen Federball und haben zur Unterscheidung der Mannschaften eine unterschiedliche Streifenanzahl in schwarzgelb.

Nur mein Glaube weiß, dass der Planet wirklich da ist. Doch leider haben immer weniger Menschen den Glauben, dass ihre Gedanken Dinge erschaffen. So wird es geschehen, dass das Universum irgendwann einmal vollkommen leer ist.

Vielleicht gibt es ein paar Hasen, die noch über den Rasen hoppeln und dabei versuchen, das letzte Wildkraut zu zählen, oder in der Ferne versuchen Bienen gerade, aufsteigende Seifenblasen einzufangen und zu zerstören.

Ich weiß nicht, wie mein Planet heute Morgen ausgesehen hat. Nur jetzt hat er die Form einer Birne, die mit ihrem Stil verzweifelt versucht, wieder an einen Ast anzudocken, der als Komet durch die Weiten des Raumes fliegt.

Vielleicht hält mein Planet den Kometen auch nur für einen Ast, weil er in seinen Gedanken es so sieht.

Was spricht dagegen?

Plötzlich stecke ich meinen Kopf durch eine schnell wachsende Hecke, sehe Wildkräuter, Hasen, Bienen und jede Menge Löwenzahn.

Dann nehme ich die Birne in meine Hand, ziehe den Rettungsanker, das heißt, ich entferne den Stil und beiße hinein.

Es ist ein irres Erlebnis von Geschmack.

Ich bin in der Realität angekommen und die Hasen, Wildkräuter und Bienen verschwinden von meiner Bildfläche.

Ich mache die Erfahrung, wie eine Birne schmeckt.

Es ist vorbei

Das Jahr geht zu Ende, es ist vorbei. Jetzt habe ich die Zeit, einen Moment innezuhalten und mich zu erinnern, was alles passiert ist und was es für Auswirkungen haben wird auf die Zeit, die kommt. Normalerweise weiß ich, dass nur zählt, im Hier und Jetzt zu leben, denn alle Weisen aus allen Zeiten sagen, dass nur der Augenblick das wahre Leben widerspiegelt.

Nun ist es so, dass ich im Hier und Jetzt bin, wenn ich die Tasten mit den Buchstaben drücke, sich Worte daraus bilden und letztlich ganze Sätze daraus werden. Ich frage mich, ob die Gedanken, die sich in Schrift verwandeln, aus dem Augenblick entstehen und gleichzeitig schon wieder Vergangenheit sind.

Worin könnte dann der Sinn bestehen, überhaupt etwas aufzuschreiben. Wenn es später gelesen wird, ist es für die Schreiber Vergangenheit und für den Leser ist es das Hier und Jetzt. Kann darin der Sinn liegen?

Beim Leser entstehen neue Gedanken und neue Ideen und Bewertungen und er wählt letztlich aus, ob er weiterlesen möchte und macht aus der Vergangenheit eine neue Vergangenheit für sich. Wenn er sich dann darüber mitteilt, entsteht ein neues Hier und Jetzt für den Nächsten und so weiter.

So schreibt sich der Augenblick fort und mit jedem Moment entsteht etwas Neues, das immer wieder für jeden anders ist, und doch hat es letztlich den einen Ursprung.

Irgendwann einmal war es nur ein erster Gedanke in einem kurzen Augenblick.

Eigenliebe

Ich bin verliebt,
doch ist mir das Wesen,
in das ich verliebt bin, noch unbekannt.

Ich denke, es war
erst gestern gewesen,
da sah ich das Wesen, an einer Wand.

Ich bin verzweifelt,
und such' in Gedanken
den Typen, den ich gestern noch sah.

Plötzlich ist Klarheit
und ich gerate ins Wanken,
ich finde Bilder, die scheinbar nicht wahr.

Ich ziehe Vergleiche,
meine Erinnerung wird wach und wahr.
Der Typ erinnert an mich, den ich sah.

Dann wird es deutlich
und vollkommen klar,
an der Wand hing ein Spiegel, der annehmbar.

Ich bin verliebt.

Doch noch bin ich ängstlich,

das Wesen im Spiegel bin ICH.

Ein trauriger Abend

Es war beeindruckend dunkel. Überall war die Nacht in ihrer ganzen Schwärze im Raum. Durch die Fenster drang kein einziger Lichtstrahl.

Leise raschelte es in der Zimmerecke. Das Geräusch verstummte aber sofort wieder. Es starb in der Dunkelheit.

Ich atmete tief ein. Die Luft war kalt und abgestanden. Ein kleiner Schauer überlief mich.

Hatte ich Angst?

Es war dunkel und eine absolute Stille. In mir dagegen war eine leise Unruhe und ich fühlte Traurigkeit in mir aufsteigen.

Wieder sog ich die abgestandene Luft in meine Lunge und ließ den Aus-Atem mit einem Pfeifen entweichen.

Mir war langweilig und nichts konnte mich bewegen, aus dieser selbstgemachten Situation auszubrechen. Ich fühlte mich wohl in dieser Abgeschlossenheit.

Mein Gemütszustand wollte kein Licht zulassen und die Dunkelheit gab mir Schutz, mich vor mir selbst zu verstecken.

Mein Kopf war angefüllt mit der Schwärze, die mich umgab. Eine scheinbare Ruhe begleitete meine leeren Gedanken. Ich dachte nicht. Mein Gehirn war ausgeschaltet.

Die schwarze Umgebung ließ keine Gefühle zu. In kurzen Momenten meinte ich, Angst zu fühlen. Nicht vor dem Raum, vor der Dunkelheit, eher vor mir selbst. Vor dem, was ich als totalen Rückzug in mir spüren konnte.

Doch dieses Gefühl wollte ich nicht wahrhaben und ließ es von der Dunkelheit verschlucken.

Plötzlich machte irgendjemand Licht.

Es war wie in meiner Kindheit, wenn ich die Augen zumachte, konnte mich keiner sehen und daran habe ich geglaubt. Und jetzt war überall Licht und ich musste mich zeigen.

Fühle da mal hin ...

Fühle da mal hin.
Es macht mehr Sinn,
wenn du was fühlst,
dich nicht verkühlst,
ganz sinnlich,
dich verinnerlichst.
Mal in den Körper lauschen,
sich am eigenen Gefühl berauschen.
Ganz in dir sein,
so ganz allein.

Fühle da mal hin.
Frag dich, wer ich bin?
Nimm wahr, du lebst,
nach was du strebst.
Sei aufmerksam mit dir,
verbinde alles zu deinem Wir.
Du bist nicht nur eine Emotion,
dein Sein, das ist dein Lohn,
für dich
und nicht für mich.

Fühle da mal hin.

Du merkst dann gleich,

das ist hart und das ist weich.

Dann gibt es traurig

oder schaurig,

Wut oder Frust,

wollen oder musst.

Nur Nichts ist nicht zu fühlen.

Zahnpastatuben

Zahnpastatuben

Heute Morgen habe ich in den Spiegel gesehen. Nun, es war recht schwer, mich wiederzuerkennen und mir freundlich „Guten Morgen" zu wünschen. Dabei war am Vortag nichts Schreckliches vorgefallen und ich hatte auch gut geschlafen und geträumt.

Also, es stand nichts im Weg, um einen friedlichen Tag ohne Grübeleien und voller Lebensfreude auf mich zukommen zu lassen. Wieder sah ich in den Spiegel und dabei entdeckte ich direkt vor mir die Zahnbecher meiner Familienmitglieder, nebeneinander aufgereiht, mit Zahnbürsten bestückt und in jedem Becher eine Zahnpastatube. Sofort wurde mir klar, dass der Grund für meinen schlechten Tagesstart mit dem Aussehen der Zahnpastatuben zu tun haben musste.

Prall gefüllt mit der pflegenden Creme hatte ich nie etwas gegen sie einzuwenden. Aber in dem Zustand befand sich keine der Tuben mehr und ich fühlte deutlich, dass ich mich schon immer über Zahnpastatuben geärgert hatte.

Kaum hat man den Drehverschluss geöffnet und das erste Stück Wurst der Masse herausgedrückt, verändern die Dinger ihre Form. In den Drehverschlüssen bleibt immer ein Rest Masse zurück und stört meinen Ordnungssinn. Ich habe mich viele Male gefragt, ob dem menschlichen Geist bei einer so einfachen Sache keine andere Lösung einfallen kann. Jeden Tag brauche ich die Creme, um meine Zähne zu pflegen, aber jeden Tag stört das Aussehen der Tuben meinen Ordnungssinn mehr.

Sicher, es gab schon viele Versuche, die Tuben zu verbessern oder ihnen neuen Pepp zu geben. Aber Grundsätzliches hat sich nicht verändert.

Die ersten Erlebnisse hatte ich mit Tuben, die aus einer Art Weißblech hergestellt waren. Die Drehverschlüsse waren aus weißem Plastik und nie konnte man die Dinger vollkommen leer ausquetschen. Dann kam jemand auf die Idee, den Sparfimmel der Menschen anzusprechen und packte in die Pappschachteln, in dem sich die Tube befand, eine Metallklammer bei, die man am hinteren Ende der Tube aufsetzen konnte und so die Tube nach und nach aufwickelte. Der Anblick einer solchen Tube war für mich nicht zu ertragen.

Ich musste an eingelegte Sardinen denken, deren Dosen in ähnlicher Form geöffnet wurden. In Verbindung mit dem Geschmack von Zahnpasta wurde mir jedes Mal schlecht. Außerdem, der Anblick einer aufgerollten Tube am Morgen oder Abend, hatte keine positive Ausstrahlung auf mein Lebensgefühl.

Dann sparte man die Pappschachtel und konnte die hässlichen Aufrolleinrichtungen nicht mehr mitliefern. Ich glaube, eine Zeitlang waren die Dinger noch von außen an die Tuben geklebt worden. Da aber keine Pappschachtel mehr gebraucht und bezahlt werden musste, konnten wir es uns alle leisten, einen kleinen Rest Creme in der Tube zu lassen.

Aber die Tuben boten immer einen elenden Anblick. Je nachdem, mit welcher Sorgfalt und an welcher Stelle man drückte, wurde die Form verändert. Jeder einzelne Mensch hat im Laufe der Evolution da seine eigene Technik entwickelt. So konnte es vorkommen, dass eine einzige Tube Zahnpasta am frühen Morgen zwischen sechs und zehnmal umgeformt wurde. Dabei musste das arme Ding sich jedes Mal um ein bisschen weiße Masse erleichtern. Die Ergebnisse konnten meine Fantasie jedoch nicht anregen. Ich hatte immer ein tiefes Mitgefühl für die fast leeren Tuben. Sie waren einfach in einem bedauernswerten Zustand. Es war ein Elend, sie anzusehen. Selbst wenn das ganze Bad im hellen Glanz erstrahlte und die vielen schicken Parfümflaschen aufgereiht nebeneinander standen. Das ganze einladende Bild war nichts wert, wenn ich eine misshandelte Zahnpastatube entdeckte.

Um ein wenig Abwechselung in die Sache zu bringen, fing man an, die Cremes einzufärben. Es gab rote, rosa und klare Würste, die aus den Öffnungen auf die Bürsten gequetscht wurden. Der Gag: Würste mit farbigen Streifen. Ich habe einmal eine solche Tube komplett auseinander genommen, weil es mich wahnsinnig interessierte, wie die eine solche Einfärbung mit den Streifen wohl hinkriegen. Leider habe ich das nicht entdeckt. Das war wirklich einmal eine nette Abwechselung im Tubenausdrückalltag.

Zwischendurch versuchte die Industrie, einer anderen Drucktechnik auf die Sprünge zu helfen. Die Tube steht aufrecht, kann nicht verformt werden, sondern hat so eine Art Pumpvorrich-tung. Ich drücke auf einen Hebel und die Creme kommt her-aus. Endlich etwas Geniales, dachte ich. Diese neue Form war eine echte Innovation auf dem Zahncrememarkt. Aber bei dem ersten Versuch, mich an eine solche Art der Cremeentnahme zu gewönnen, wurde ich tief enttäuscht. Die Dinger ließen im-mer einen Nachlauf der Creme zu, und an der Öffnung bilde-ten sich nach jeder Benutzung kleine Nasen in den unterschied-lichsten Formen. Außerdem hatte die eingebaute Pumpe hier und da Betriebsstörungen. Meine schlechte Morgenlaune war meistens auf drei bis fünf Drückversuche zurückzuführen, die ich bei der morgendlichen Zahnpflege hatte durchführen müssen. Das Ganze wurde immer schlimmer, je weniger der Inhalt dieser Hartplastikzahnpastaraketen wurde. In Zahnbechern abgestellt, hatte ich beim Anblick dieser Behälter immer den Gedanken an Spritzwasserpistolen.

Von den Weißblechtuben ist man mittlerweile auch abgekom-men und hat sich in die Welt des Weichplastiks begeben. Der Verschluss wurde breiter, sodass man in der Lage ist, die Tube auf den Kopf zu stellen. Aber nur, so lange sie voll ist. Das Ganze nenne ich eher einen Rückschritt. Diese Plastiktuben behalten keinerlei Form, wenn sie die Hälfte ihres Inhaltes verloren haben und verselbstständigen sich in jedem Zahnbecher. Ich ärgere mich, wenn ich zwei- oder dreimal versuche, eine Tube in einem Becher unterzubringen und sie jedes Mal wie von alleine aus dem Zahnbecher ins Waschbecken springt. Nein, das kann kein Fortschritt sein.

Wo ist also die Innovation für eine Handlung, die ich jeden Morgen aufs Neue mache? Die bleibenden Werte erhalten soll und mir somit auch Freude macht? Die Möglichkeit, Zahncreme auf seine Bürste zu bekommen, muss neu überdacht werden. Die Aufmachung des Pflegemittels, dem von ihm erwarteten Anspruch gerechter werden.
Was muss sich da nicht noch alles ändern?

Mit solchen Gedanken muss ich mich jeden Morgen beschäftigen. Leider ist mir bis heute auch nichts Großartiges eingefallen und so wird es wohl noch einige Zeit dauern, bis ich mir morgens und abends voller Lebensfreude und ohne Grübeleien die Zahnpaste aus einer goldenen Sprühflasche direkt in den Mund sprühe und mir dann, ein Lied im Kopf, die Zähne putze. Vielleicht brauche ich auch demnächst nur eine Art Tablette in meinen Mund zu legen, sie langsam zergehen zu lassen und mich durch das Prickeln und Blubbern zwischen den Zähnen auf den heutigen Tag freuen.

Sinnfindung

Sinnfindung

Mit einem dumpfen Knall,
vernichte ich das All.
Dann ist hier gar nichts mehr –
doch wo komm ich dann her?

Sinnsuche
Ich lebe.
Ich bin.
Ich strebe.
Ich suche den Sinn.

Erkenntnis
Der Mensch ist durchaus positiv,
doch leider auch sehr aggressiv.

Weisheit
Jeder ist auf seine Art ein Star
und das ist absolut und wahr.
Nur er muss sich selber finden,
sein „Ich" nicht an anderer Meinung binden.

Chancen
Jeden Morgen geht die Sonne auf,
ein neuer Tag beginnt.
Ich raffe mich dann immer auf,
weil das Leben neu beginnt.

Optimist

Ich mach jetzt die Welle
in aller Schnelle
mit jeder Zelle.

Ich hol alle Sterne
aus weiter Ferne
mit meiner Laterne.

Ich liebe dich sehr
und immer mehr
als jemals vorher.

Ich werde Dir glauben,
die Zeit Dir rauben
und alle Gedanken entstauben.

Ich hör auf zu rauchen,
will niemanden brauchen
und laut „Verantwortung" hauchen.

Ich will kreativ sein
wie göttlicher Wein
und bin nie mehr klein und allein.

Ich werde mehr hoffen
und werde ganz offen,
und nie mehr besoffen.

Ich werde warten, bis es passiert ist
und baue weiterhin meinen Mist.
Denn ich bin ja Optimist.

Manchmal wünsche ich mir was …

Der Tag ist wie jeder andere. Die Sonne geht auf und langsam beginnt es, heller zu werden. Die Nacht wird vertrieben mit allen Träumen, Sehnsüchten, Befürchtungen und anderen Gedanken, die mein Leben verändern würden.
Ich wünsche mir einen guten Tag.

Das Jahr ist vorbei. Die Raketen begrüßen das neue. Die Sektkorken öffnen die Gedanken für gute Vorsätze, für viel Gesundheit, viel Erfolg und für ein langes Weiterleben. Es ist der Gedanke, dass am nächsten Tag alles anders und besser werden würde. Die Welt würde sich im nächsten Jahr verändern.
Ich wünsche mir ein gutes Jahr.

Die Kinder ziehen aus. Ein Lebensabschnitt ist beendet. Noch ist die Trauer der Trennung nicht überwunden. Es folgt die Besinnung auf sich selbst. Wer bin ich, was tue ich hier und was ist meine Aufgabe. Die Verantwortung für das Leben anderer lässt nach, die Aufgabe fällt auf das eigene Ich zurück.
Ich wünsche mir, dass ich mich liebevoll selbst erkenne.

Die Lebensuhr beginnt abzulaufen. Die Gedanken sind frei von Verantwortung für andere und fangen an, zurückzublicken. Vielleicht bewerten sie die eigenen Handlungen und Taten. Es erfüllt uns mit Stolz, Zufriedenheit oder Trauer. Habe ich alles genutzt, was mir das Leben angeboten hat?

Ich wünsche mir, dass ich mir Bedeutung gebe, damit mein Leben eine Bedeutung hat.

Manchmal wünsche ich mir was. Aber öfters sind meine Wünsche nicht klar, sodass sie nicht erfüllt werden können. Also wünsche ich mir als erstes Klarheit in dem, was ich mir wünsche.

Letztlich ist es nur Liebe.

Alkohol

Bin ich nüchtern,
fühl' ich mich schüchtern.

Bin ich voll,
fühl ich mich toll.

Bin ich in mir klar,
dann bin ich ganz wahr.

Ich bin dann im Leben
und nicht nur daneben.

Nur die nüchterne Wahrheit,
verschafft mir die Klarheit,
bei mir selber zu sein,
glücklich, zufrieden, allein.

In der Nacht

In der Nacht
bin ich erwacht,
weil ich gedacht
ich hätte Macht.

Hab' ich gelacht.

Am nächsten Morgen
kamen die Sorgen.
Was ist übermorgen?
Wo bin ich geborgen?

Ich werde besser für mich selbst sorgen.

Erinnerungen …
oder manchmal fällt mir
was ein

Geburtstagswandern

Geburtstagswandern

Ein rüstiger einheimischer Bad-Zwestener Rentner, ausgerüstet mit Funksprechgerät und Trillerpfeife, ist an meinem Geburtstag der Herr über meine Füße. Er sagt oder pfeift wie und wo es langgehen soll und ich und weitere 64 Männer und Frauen folgen.

Wir vertrauen ihm und er verspricht, unser Vertrauen zu belohnen mit bronzenen, silbernen und goldenen Wandernadeln. Für jeden gelaufenen Kilometer ein kleines Stück Metall. Bei besonderer Ausdauer gibt es die goldene Nadel auch mit „Diamant". Der Spaß kostet für ein Wanderbuch eine Mark und für jede Nadel fünf Mark. Die Nadel mit dem „Diamanten" ist 50 Pfennig teurer. Natürlich müssen die entsprechenden Kilometer abgeleistet werden. Als Nachweis hierfür erhält man – treudeutsch – einen Stempel ins Wanderbuch gedrückt. Mit Datum und Unterschrift des Wandermeisters wird die Richtigkeit der gelaufenen Kilometer bestätigt.

Also auf geht es in den deutschen Wald bei sonnigem Wetter und Temperaturen um die Null Grad.

Die Gesellschaft ist bunt gemischt. Allein die Anzahl der verschiedenen Mützen kennzeichnet deutlich, dass sich darunter immer wieder andere Köpfe befinden. Auch die Schrittweite der einzelnen Personen hat unterschiedliche Reichweiten, und schon nach kurzer Zeit zieht sich ein immer länger werdender Lindwurm durch die Bad-Zwestener Wälder. Mit der Trillerpfeife wird der Vortrupp zum Anhalten gezwungen. Die ihr entweichenden Töne blasen Autorität in die Luft, erreichen die Vorderleute und lassen sie ihre Schritte abrupt zum Stillstand bringen.

Der Lindwurm zieht sich wieder zusammen und der Hüter der Herde zählt seine Schafe.

Er kommt auf 64 mützenbestückte menschliche Wesen.

Es kann weitergehen. Die Landschaft um uns herum ist in ein helles Weiß eingetaucht, und der liebe Gott hat auch die kahlen Bäume und Tannen mit weißen Tupfern und kleinen Schneebällen versehen. Die Sonne blickt ab und zu hinter einer Milchglasscheibe hervor und verwöhnt die wandernde Gesellschaft als helle gelbe Kugel mit ihrem Licht.

Der Weg geht bergan. Mit länger anhaltender Steigung verstummen die lauten Sprechgesänge, die von Unterhaltungen aus Zweier-, Dreier- oder Vierer-Gruppen in die kalte Winterluft entweichen. Man muss regelmäßiger Luft holen und bei manchen reicht die Kraft nicht auch noch, zusätzlich Sprechblasen auszuhauchen. Der Lindwurm wird an der Steigung wieder länger, und als die Ersten den vermeintlichen Höhepunkt der Wanderung erreicht haben, ertönt wieder die Trillerpfeife. Es ist Zeit, sich zu sammeln. Die Letzten kommen angezockelt, als die Ersten wieder kalte Füße haben, und der Marsch durch die weiße Winterlandschaft kann weitergehen.

Ein erbitterter Kampf um die heißbegehrte Wandernadel geht in die zweite Runde.

Unser rüstiger Rentner benutzt sein Funkgerät, um uns in einem Kaffee- und Kuchenparadies anzumelden. Für jeden Einzelnen scheint er die Genehmigung zum Betreten einzuholen, damit keines seiner Schäfchen draußen in der Kälte bleiben muss. Ich vermute, nach seinem Funkspruch wird die gesamte Gaststätte von anderen Gästen geräumt oder einfach zum ersten Mal an diesem Tag geöffnet.

Der Weg führt an einem Flüsschen vorbei, das gemächlich vor sich hinplätschert und dessen Ränder von den niedrigen Temperaturen leicht angefrostet sind. Die Gesellschaft hat ihre Gespräche wieder aufgenommen. Im Vorübergehen kann ich verschiedene Wortfetzen auffangen, die ich aber nicht bewerte. Ich will mich selbst an dieser gemütlichen Plauderstunde beteiligen und suche nach einem geeigneten Objekt.

Ich muss nach Einzelgängern spähen, sie eine Weile beobachten und mich dann durch Runter- oder Raufschalten meiner Gangart an sie anpirschen. Na ja, und dann mich dazu durchringen, aktiv zu werden. Der erste Kontakt. Es funktioniert und ein gemächliches Gespräch, gleich dem Flüsschen, an dem wir entlanglaufen, entwickelt sich. So geht die Zeit schneller rum und ich achte nicht mehr so sehr auf meine Gedanken, die sich um das Für und Wider beim Kampf um eine der Wandernadeln drehten.

Wir erreichen das Café, treten ein und viele treten sofort aus. Das heißt, sie müssen sich erleichtern und suchen die Toilette auf. Wie ich vermutet hatte, ist das gesamte Lokal für uns reserviert. Kaffeetassen schon eingedeckt und Kannen voll mit heißem Kaffee stehen auf den Tischen.

Wir suchen uns unsere Plätze und kämpfen mit der Entscheidung, Kuchen oder keinen Kuchen. Die Ergebnisse sind unterschiedlich so wie der Kaffee mal schwarz, mal mit Milch und mal mit Milch und Zucker in die Münder der Wandergesellschaft verschwindet.

Unser rüstiger Wanderführer trägt zur allgemeinen Erheiterung ein Gedicht über Männer vor. Die Verse sind einfach, mit viel Witz, und klingen in der Vortragsmelodie, die für runde Geburtstage geeignet ist. Ich nehme für mich in Anspruch, dass der Vortrag zu meinem Ehrentag einem großen Publikum zugänglich gemacht wird. Aus Dank kaufe ich eine Wanderkarte und erhalte meinen ersten Stempel eingedrückt. Jetzt fehlen mir nur noch fünf und ich kann die Wandernadel mit „Diamanten" als Trophäe mit nach Hause bringen. Ich weiß nicht, ob es mir gelingen wird, aber mein Ehrgeiz ist geweckt.

Als alle die Kälte der langen Wanderung aus ihren Gliedern verscheucht haben, schreitet der Meister der hessischen Wälder zu einem weiteren Höhepunkt des Nachmittages. Ich darf der öffentlichen Verleihung der von verschieden Mützenträgern erworbenen Wandernadeln beiwohnen. Die hart erkämpften Nadeln werden feierlich überreicht. Alle klatschen brav Beifall und ich selbst wünsche mich in den Mittelpunkt der Gesellschaft bei der Verleihung der goldenen Nadel mit „Diamanten". Doch dazu brauche ich noch fünf weitere Stempel unseres Funkgeräteträgers.

Es folgt der Rückmarsch, der bereits untergehenden Sonne entgegen. Die letzten Kräfte werden mobilisiert, um vor der Dunkelheit den Schutz unserer Bettenbunker und Seelenheilungsstätte zu erreichen. Außerdem gibt es bald schon Abendbrot und eine lange Wanderung macht nun mal richtig hungrig.

Alles in Allem ist es ein schöner Geburtstagsspaziergang, weil keiner weiß oder ahnt, dass ein Geburtstagskind unter ihnen die Strapazen an seinem Ehrentag auf sich genommen hat, um endlich auch eine Wandernadel sein eigen zu nennen. Der Anfang ist gemacht.

Hut tut gut

■ Irgendwann einmal, in meinem früheren Leben, habe ich einen Hut getragen. Dazu hatte ich einen echt flotten Kinderanzug an, der so etwas wie ein Trachtenanzug gewesen sein muss. Vermutlich hatte meine Mutter die entsprechenden Teile selbst genäht.

Eine kurze Hose mit einer Jacke, die mit Sicherheit silberne Knöpfe hatte. Leider kann ich mich im Moment nicht genau daran erinnern. Aber ein Blick auf das entsprechende Foto könnte Einzelheiten klären.

Doch darum geht es mir nicht. Ich versuche, mich an das Gefühl zu erinnern, was damals in mir auftauchte, als ich zum ersten Mal in meinem Leben einen Hut trug.

Dieser Moment ist, wie schon gesagt, durch Fotos dokumentiert und festgehalten. Auf den Bildern sehe ich sehr optimistisch aus und blicke voller Zuversicht in meine Zukunft.

Der Hut hat mich wahrscheinlich vor schlechten Gedanken und Empfindungen von außen geschützt. Aber ich glaube auch nachzuempfinden, dass der Hut nicht meinen Vorstellungen von schön oder elegant entsprach. Ich fand es offensichtlich sehr lächerlich, so ein Gestell auf dem Kopf zu tragen.

Ja, so muss es gewesen sein, denn bis heute habe ich eine gewisse Scheu, etwas auf meinen Kopf zu setzen.

Also, ich bin absolut kein Liebhaber von Hüten und ich zwinge mich auch nur bei absoluter Kälte, eine Mütze über die Ohren zu ziehen. Dabei traue ich mich nicht, mich mit dieser Kopfbedeckung in den Spiegel zu sehen, weil ich mir einfach lächerlich vorkomme.

Es muss also einen Grund geben, warum ich kein Kopfbedeckungsfan geworden bin.

Das führe ich jetzt einfach auf diese Bilder, ich war damals vielleicht so drei Jahre alt, zurück. Was ist da passiert, dass ich selbst teuere Hüte, die ich geschenkt bekommen habe, einfach nur weitergebe, ohne ihnen eine Wertschätzung entgegen zu bringen?

Ich glaube zwar nicht, dass die ganze Sache wichtig für meine weitere Entwicklung war, zumal ich jetzt schon eine lange Zeit ohne Hut durch mein Leben gekommen bin. Aber mit zunehmenden Alter wird es immer wichtiger, seinen Kopf warmzuhalten, damit die Gedanken nicht einfrieren.

Also, ich sehe mich als Dreijähriger zum Fototermin mit Hut an einem für solche Aufnahmen bestens geeigneten Ort stehen.

Der Hut ist auf meinem Kopf. Die Kamera auf mich gerichtet. Ich lache und mache meine Schritte über eine Rasenlandschaft, die mit hohen und schon recht alten Bäumen geschmückt ist.

Daran erkenne ich noch keine Ablehnung von Hüten. Auch während des Schreibens versuche ich mich zu erinnern, kommen keine Gefühle von Hass oder Wut gegen Kopfbedeckungen auf. In diese Richtung brauche ich nicht weiter zu ermitteln oder nachzuspüren.

Von Hut lässt sich auf hüten schließen. Schäfer hüten ihre Schafe und tragen meistens einen Hut. Der Hut behütet also etwas, meistens den Kopf, der sich darunter befindet. Anders ist das bei einem Helm, der nicht behütet, sondern schützt. Ein Sturzhelm zum Beispiel.

Mit drei Jahren fängt man an, die Welt zu entdecken. Meistens will man dann nicht mehr behütet sein, sondern frei und ungezwungen ins Leben hineinlaufen. Vielleicht ein Zeichen der ersten Auflehnung in mir, die Ablehnung eines behüteten Daseins mit Hut oder Kopfbedeckung. Oder ich wollte mich einfach nicht als beschütztes Wesen den Kameras stellen, sondern eher als freier Mensch auf den Rasen, zwischen den alten Bäumen, die Welt für mich neu entdecken, und zwar ohne Hut.

Nun, trotz dieser Spekulationen bleiben mir die Gefühle von damals fern. Die Gewissheit, eine innere Ablehnung gegen Hüte oder Kopfbedeckungen zu haben, aber bleibt.

Bei anderen Menschen finde ich Hüte oder Kopfbedeckungen unheimlich interessant. Die Leute sehen zum Teil mit diesen Ausstattungsteilen der Mode wesentlich spannender aus und erhöhen mit Sicherheit ihren Marktwert. Es gibt absolute Hut-Gesichter, die ohne Kopfbedeckungen echt langweilig daherkommen.

Aber muss ich mich denen anpassen? Nun, ich bin mir immer noch nicht im Klaren, warum ich nicht zu denen zähle, die mit Hut echt gut aussehen.

Ich glaube, ich werde einmal ein Seminar besuchen, das sich ausschließlich mit der Ablehnung von Hüten bei Männern in den älteren Jahrgängen beschäftigt. Dies wird sicherlich kostenlos von der Hut-Industrie gesponsert werden und in einem Mittelklasse-Hotel stattfinden.

Das kann zwar noch eine Weile dauern, bis die Marketingabteilung diese Marktlücke der absoluten Hut-Verweigerer entdeckt, aber ich bin zuversichtlich.

Irgendwann werde ich kostenlos zwei Tage in einem Hotel verbringen und ohne Hut die Eingangsdrehtür verlassen.

Übrigens: Meine Wollmütze werde ich morgen beim Schneekehren wieder anziehen. Ich hoffe, keiner macht dann ein Foto von mir.

Brillensuche

Gestern habe ich noch in der Sonne gelegen und mir neue Namen für unser Zentralgestirn durch den Kopf gehen lassen. „Lorenz" zum Beispiel. Dabei dachte ich, dass „er" nicht scheint, sondern dass er einfach nur bläst.

Also Lorenz bläst und schickt seine unendliche Energie in Richtung Erde. Dabei verliert sich ein recht großer Teil in den Weiten des Raumes. Das würde Albert Einstein so sagen und dabei auf die Relativitätstheorie und so manches Energiegesetz verweisen.

Aber Lorenz hat genügend Energie an mich abgegeben und so war ich in der Lage, ein paar mehr oder weniger wichtige kosmetische Reparaturen in meinem Garten vorzunehmen.

Frisch ans Werk, habe ich jede Menge von Pflanzen bis hin zu den Wurzeln beschnitten und die Ergebnisse des Energie-Transportes von einer Saison in unsere Energieauffangtonne befördert. An bestimmten Stellen sah mein Garten aus wie nach einem Besuch bei einem schlecht bezahlten Frisör.

Ich gebe zu, manchmal hat es mir Spaß gemacht, an bestimmten Stellen der Pflanzen hineinzuschneiden, sie einen Kopf kürzer zu machen. Ich folgte dabei meinem Instinkt. In der Bibel steht, wir sollen uns die Erde untertan machen, und dieses Urgefühl kann ich dann bei einer solchen Aktion ausleben.

Andererseits taten mir die Pflanzen ein wenig leid und ich fragte mich, was diese Lebewesen wohl bei einer solch radikalen Rasur empfinden. Unser Lorenz hat ihnen über die Sommermonate reichlich Energie für ihr Wachstum geschickt, und ich kam daher und mache dem Ergebnis einfach den Garaus.

Die Rache hat auch nicht auf sich warten lassen. Ich war total mit meinen energetischen Entladungen fertig und hatte auch schon meine Batterie angezapft, um die letzten kosmetischen Reparaturen in meinem Garten zu Ende zu bringen, da schaltete sich ein Sicherheitsreflex in meinem Gehirn ab. Ich habe es nicht bemerkt.

Nach getaner Arbeit habe ich dann für mein persönliches Wohlbefinden eine Dusche genossen und etwas geschundene Körperstellen versucht, kosmetisch wieder aufzupeppen.

Also rasieren, eincremen und etwas parfümieren, so ein kleines Wohlfühlprogramm für den Körper, damit die Seele auch ins Wochenende findet.

Lorenz hatte seine Tätigkeit noch nicht eingestellt. Es war hell und warm, sodass ein kühles Bier und eine Zeitung den Feierabend hätten einläuten können. Leider sind meine Augen schon seit längerer Zeit nicht mehr in der Lage, ohne einen entsprechenden Aufsatz richtig lesen, oder besser gesagt, sehen zu können. Dieses mir so lieb gewordene Gerät „Brille" war auf einmal verschwunden. Wo hatte ich es abgelegt? Die Suche begann.

An den markanten Stellen war nichts zu finden. Trotz mehrmaligem Suchen an den von mir bevorzugten Brillenparkplätzen, tauchte das Gerät einfach nicht auf. Ich rief nach Unterstützung und meine Frau geisterte mit mir mehrfach durch die Wohnung, um meine Zusatzaugen wieder in das Hier und Jetzt zu rufen. Alles ohne Erfolg.

Wir beschlossen, gemeinsam den Tag in aller Ruhe, ohne Brille, ausklingen zu lassen und uns die letzten Energiestrahlen von Lorenz einzuverleiben. Das geht am besten mit gutem Essen, netten Leuten und einem Weinchen zum Feierabend. Außerdem beruhigt ein solches Verhalten die Gartengeister, die aller Wahrscheinlichkeit nach meine Brille versteckt hatten, um weitere Angriffe auf die von ihnen beschützten Pflanzen zu verhindern.

Ich habe unruhig geschlafen. Denn nur meine Sonnenbrille hätte mir am nächsten Tag ermöglicht, weiter in die Ferne zu schauen, doch auch Lorenz hatte nicht versprochen, am nächsten Tag wieder in der gleichen Stärke aufzutreten, und somit hätte das Aufsetzen der Sonnenbrille nur für müde Lacher bei meinen Mitmenschen gesorgt.

Das Begrüßen des heutigen Tages begann mit Gedanken zum Ablauf des Gestrigen. Ich ging wirklich noch 'mal alle Schritte durch, alle Situationen und alle Orte, an denen ich gestern gewesen war. Es sollte mir helfen, die Orte zu definieren, an denen meine Brille die Nacht verbracht hatte.

Gegen 10 Uhr begann ich den Garten abzusuchen in der Hoffnung, das wertvolle Augengerät wiederzufinden. Lorenz hatte sich in der Tat verabschiedet und leichter Regen machte meinen Garten nass.

Es sieht etwas komisch aus, wenn ein Mensch morgens einzelne Sträucher hochhebt, darunter blickt oder in gebückter Haltung durch den Garten spaziert. Ich hatte bei dieser Aktion wirklich ein komisches Gefühl, was Leute von mir denken würden, wenn sie mich beobachten.

Aber letztlich ging es mir um die Wiedererlangung meiner vollen Sehfähigkeit. Ich will die Spannung nicht auf den Höhepunkt treiben. Ich habe meine Brille wiedergefunden. Aber es hat mindestens drei Rundgänge in meinem Garten erfordert und ich bin mir sicher, dass die kleinen Gartengeister den Fundort bis zuletzt mit all ihrem Einsatz unter Verschluss gehalten haben.

Meine Brille hing in einer Blumenstaude und kleine Geister müssen sie mir, ohne dass ich es bemerkt habe, vom Kopf gestreift haben. Jetzt bin ich in der Lage, mit Hilfe meiner Brille das Erlebnis schriftlich festzuhalten.

Nun, es ist nicht der absolute Krimi oder das Erlebnis schlechthin. Aber irgendwie zwingt es mich doch, über bestimmte Dinge nachzudenken.

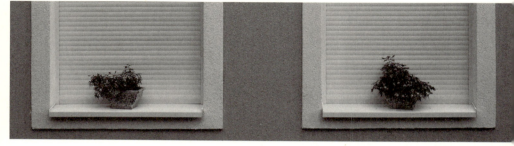

Der Garten

Der Garten

Der Morgen ist erwacht und die Sonne scheint. Müde räkele ich mich in meinem Bett. Sommer, Sonne, frei und lange schlafen. Nachtgespenster vertreibe ich. Ich ziehe meinen Körper im Bett zusammen, strecke mich, dehne mich in meiner gesamten Länge aus. Die Träume der Nacht verschwinden in den Gedanken an eine Tasse Kaffee und ein gutes frisches Morgenbrötchen. Die Dusche – eine Sehnsucht, die mein Körper spürt und dann, nach dem Frühstück, in den Garten – faulenzen, einfach nichts tun.

Ich schaue aus dem Schlafzimmerfenster und sehe auf unser Nachbarhaus. Immer, wenn ich in diese Richtung sehe, muss ich an ein Gesicht denken. Rechts ein Fenster, links ein Fenster, gleiche Größe und mittendrin ein Fenster, dass sich einer Nase gleich in das Gesamtbild einpasst. Die Fenster sind alle noch mit Rollladen verschlossen. Es ist friedlich und still. Der Morgen ist noch jung. Die Häuserwand, auf die ich meine Blicke richte, strahlt Ruhe und Gelassenheit auf mich zurück. Ich kann in meinem Bett in Sicherheit noch eine Runde schlafen und die Träume der Nacht gänzlich vertreiben. Die Fenster gegenüber sind verschlossen und können mich nicht beobachten.

Hinter den Vorhängen unseres Schlafzimmerfensters beobachte ich weiter die Rollladen der Häuserwand gegenüber. Nichts regt sich, alles ruhig und ich kann, ohne mich von fremden Blicken beobachtet zu fühlen, aufstehen und duschen.

DER GARTEN

Ich frühstücke und aus dem Wohnzimmerfenster beobachte ich weiter die Häuserwand gegenüber. Die Rollladen sind immer noch fest verschlossen und ich bin beruhigt. Die Sonne lockt mich in den Garten. Es ist Zeit, meinen Garten zu genießen. Während ich Liegestuhl, Tisch und Decken nach draußen befördere, erschrecke ich zum ersten Mal.

Die Rollladen gegenüber heben sich mit den dafür typischen Geräuschen. Zuerst das linke Fenster. Nachdem die Glasscheiben von ihrem Überzug befreit sind, öffnet sich das Fenster und ganz kurz schaut ein menschliches Gesicht in unseren Garten.
Das Spiel wiederholt sich in kurzen Abständen bei den anderen beiden Fenstern. Das Haus gegenüber atmet Frischluft. Die Morgenluft strömt durch die geschaffenen Öffnungen in das Haus, entzieht so die Luft aus meinem Garten und raubt mir den Atem. Ich kenne dieses Spiel und habe mich nur scheinbar daran gewöhnt.

Ich warte, bis sich die Situation beruhigt hat, hole mir eine Tasse Kaffee und warte auf das Spiel, das sich unwiderruflich wiederholen wird. Eine Zigarette schafft mir neue Luft in meinem Garten, der Kaffee ein neues Frischegefühl in meinem Körper. Die Luft in meinem Garten hat sich beruhigt. Die Sogwirkung der geöffneten Fenster hat nachgelassen. Ein Moment herrscht Frieden. Doch die Sonne ist wieder ein Stück höher gestiegen und verbreitet ihre morgendliche Wärme. Die Luft heizt sich auf. Es

wird angenehm warm. Gerade das ist der Zeitpunkt, wo normalerweise wieder etwas passieren muss.

Ich lese Zeitung und warte auf den richtigen Augenblick. Jeden
Moment wird gegenüber etwas passieren. Die Nachrichten sind
nicht besonders erfreulich.

Gerade, als ich mich mit dem 80. Geburtstag von Herbert Meyer
beschäftige, wird jemand an der Nachbarhäuserwand aktiv.
Ein Fenster gegenüber wird geschlossen. Keine warme Morgen-
sonnenluft dringt mehr in den Raum ein. Eine Rolllade wird her-
untergelassen und sperrt die Morgensonne aus.

Das Haus gegenüber wird vom Erleben des Morgens abgeschnit-
ten. Die anderen beiden Fenster werden ebenfalls geschlossen,
der Sommer ausgesperrt. Die Luft in meinem Garten atmet auf,
die Sonne scheint intensiver zu scheinen und Ruhe kehrt in mir
zurück. Ich fühle mich nicht mehr beobachtet. Doch ich weiß,
es wird nicht lange dauern.

Ich habe meine Zeitung zu Ende gelesen, meinen Kaffee ausge-
trunken und meine Sitzgelegenheit in den Schatten gestellt. Es
ist nicht viel Zeit vergangen. Die Sonne ist höher geklettert und
hat meinen Garten in Licht und Schatten getaucht. Ich habe
ab und zu meine Augen geschlossen und über die Träume der
Nacht nachgedacht, versucht, die Nachrichten des Tages zu
verarbeiten und ganz unbewusst die Häuserwand gegenüber
beobachtet. In den Blättern unseres Wilden Weines raschelt es

leise. War das ein Zeichen? Gleich muss es wieder soweit sein. Meine Nase spürt das Ungleichgewicht der frischen Morgenluft in den Räumen meines Nachbarn. Die Luftdrücke in den Räumen weichen in hohem Maße vom Luftdruck in meinem Garten ab. Die Sonne hat die Werte um ein unerträgliches Maß verschoben.

Dann ist es soweit. Ein Geräusch erreicht mein Ohr und lässt automatisch meine Blicke nach oben schweifen. Es ist eine Augenbewegung, die ich aus jahrelanger Gewohnheit schon eingeübt habe. Eine Rolllade bewegt sich nach oben, ein Fenster öffnet sich und lässt den Parfümduft der Morgentoilette nach draußen entweichen. Seifengeruch, Haarwaschduft, ein bisschen Urin und Körpergeruch entweicht in meinen Garten. Kurz darauf folgt ein Duft von Leder, Holz und Schuhabrieb, weil das mittlere Fenster sich weit öffnet und Gerüche von Treppensteigen und Reinigungsmitteln nach draußen entlässt.
Das letzte Fenster rechts macht sich frei, lässt kurz die Morgensonne ins Zimmer strahlen und entlässt dann die Gerüche einer langen Nacht, ein Gemisch aus Schlaf, Körperschweiß und Zigarettenrauch. Alles vermischt sich mit den Düften aus meinem Garten und verändert die Atmosphäre in meinem Garten für einen kurzen Moment.

Dann normalisiert sich wieder alles. Die Ruhe kehrt zurück, die Luft erreicht wieder ihren Normalzustand und lässt sich wieder ohne Fremdgerüche ein- und ausatmen.

Ich kann mich wieder entspannen und meinen Garten für eine Weile genießen, obwohl ich mich durch die weit geöffneten Fenster beobachtet fühle. Zeit für ein paar Zeilen in einem guten Buch, Zeit, die Augen einen Augenblick zu schließen und den Gedanken nachzuhängen. Vielleicht sollte ich mir etwas zu trinken holen oder mich auf die nächste Fensterattacke vorbereiten. Ich atme durch, hole mir etwas zu trinken, lege mich auf eine Decke und starre die Häuserwand mit den geöffneten Fenstern an.

Die Luft wird immer wärmer und ich ziehe mein T-Shirt aus. Die Sonne hat so Gelegenheit, meine Haut zu bestrahlen und in meinem Körper chemische Reaktionen auszulösen.

Doch die Kraft der Sonne strahlt auch in das Gehirn meiner Mitmenschen. Der geheimnisvolle Fensterschließer von gegenüber fühlt sich erneut inspiriert. Die logische Folge ist, dass sich nacheinander alle Fenster gegenüber wieder der Außenwelt verschließen und die Zimmer dahinter über die Rollladen in ein Tagdunkel einlullen. Ich bin wieder einmal unbeobachtet, geschützt durch die Hecke rund um meinen Garten, durch eine hohe Tanne, die mich zur anderen Seite abschirmt. Ich könnte mich nackt ausziehen und keiner würde mich sehen oder beobachten können. Doch meine lange Erfahrung hindert mich daran, eine solche Aktion vor 24.oo Uhr durchzuführen. Ich weiß, dass die Fenster gegenüber sich daran gewöhnt haben, in regelmäßigen Abständen nachzusehen, ob ich noch da bin. Ich kann also nur für kurze Zeit die Freiheit genießen, nicht beobachtet zu sein.

Meine Erfahrung weiß, dass mit steigenden Temperaturen und Fortschreiten des Tages die mir gegenüberliegenden Fenster danach lechzen, wieder einen Blick in meinen Garten zu werfen. Ich weiß genau, wann es passieren wird. Entweder spüre ich es am Geruch, der in der Luft liegt, an den Bewegungen der Blätter unseres Hausbaumes oder im Licht der Widerspiegelungen von unserem Gartenteich. Aber eigentlich registriere ich die äußeren Umstände gar nicht mehr. Es ist einfach wie ein plötzlicher Blitz und ich weiß, es wird gleich passieren. Es ist ein Moment, indem ich plötzlich aufschrecke, ohne genau zu wissen, warum. Es ist, als wenn eine Fensteröffnungsenergie an mir vorbeigeht und schon sehe ich, wie Hände nach Rollladenschnüren greifen, sich daran festkrallen und daran zerren, um Licht in die Räume zu lassen. Manchmal ist es so, als ob sich ein seelisches Fenster in mir selbst öffnet oder einfach mit Gewalt aufgerissen wird. Es schmerzt, es erschreckt mich, wenn ich mich dann nicht mehr alleine fühle. Doch irgendwie warte ich darauf, dass es passiert.

Dann ist es wieder soweit. Ich bin gerade ein wenig eingeduselt und merke gleich, dass meine innere Ruhe zu Ende ist. Ich stöhne leise vor mich hin, als ich die Geräusche höre, die mich eindeutig daran erinnern, dass auf der rechten Seite eine Rolllade hochgezogen wird, ein Fenster sich öffnet und Langeweile aus einem Zimmer ströme, die sich langsam energetisch in meinem Garten zu verteilen beginnt. Dann das zweite mittlere Fenster, mit der Energie von nicht leergegessenen Tellern des Mittagsmahls, mit einer Energie von Ärger über die Mutter, die irgendwelche Wünsche ihres Sohnes nicht zugelassen hat. Dann das letzte Fenster, das einen Hauch von Leere und unnützes Öffnen in meinem Garten verströmt. Diese Mischung lässt mich darüber nachdenken, ein frühes Bier zu mir zu nehmen, um zu vergessen. Ich bin doch unschuldig und will nur im Garten sitzen und den schönen Sonnentag genießen. Die Vorwürfe aus dem geöffneten Fenster sollen mich nicht erreichen und gehen mich auch nichts an. Ich will einfach meine Ruhe.

Meine Gedanken verbreiten sich in meinem Garten und als Konsequenz schließen sich kurz darauf alle Fenster wieder. Die Rollladen schließen sich wie Augenlider und lassen mich mit meinen Gedanken allein zurück. Doch meine Kraft im Garten auf die nächste Eröffnung der Rollladen und Fenster zu warten ist erschöpft, und ich ziehe mich in mein Schlafzimmer zurück. Eine Stunde Pause von Sonne, Sommer und dem ständigen Gefühl zwischen beobachtet und allein gelassen sein. Ich schlafe in meinen Schlafzimmer mit dem Gefühl der Sicherheit, dass alle Fenster gegenüber geschlossen sind.

DER GARTEN

Als ich aufwache und einen Blick zwischen die Gardinen nach draußen wage, sind wieder alle Fenster geöffnet. Ich habe nicht gezählt, der wievielte Wechsel am heutigen Tag stattgefunden hat.

Aber noch sind ein paar Stunden vom Tag übriggeblieben und ich habe den Gedanken, dass die Fenster gegenüber wie ein Fisch atmen. Maul auf, Maul zu. Wie ein Wal, der in regelmäßigen Abständen auftaucht und neue unverbrauchte Energie zu sich nimmt und dabei die verbrauchte Energie nach draußen abgibt. Doch noch berührt mich das Ganze nicht. Ich habe immer noch das Gefühl, dass mich der ganze Zirkus nicht im Geringsten berührt. Ich traue mich sogar wieder in den Garten und suche Schutz im Schatten unseres Hausbaumes.

Die Fenster und Rollladen schließen sich wieder und ich merke es nur an der veränderten Energie in meiner Umgebung. Ich fühle mich einfach sicherer. Doch eine unbekannte, mir völlig fremde Energie steigt im mir hoch. Ich fange an mich aufzuregen, zu ärgern und den ständig stattfindenden Wechsel um mich herum nicht mehr einfach so hinzunehmen. Ich merke es daran, dass mein Buch mich nicht mehr von der Außenwelt ausschließt, dass ich jedes Geräusch um mich herum wahrnehme und nur darauf warte, dass sich die Fenster im gewohnten Rhythmus wieder öffnen. Dann werde ich schreien, so laut ich kann. Ich werde so laut sein, dass durch die Kraft meiner Stimme die Fenster von alleine zuschlagen, die Rollladengurte reißen und dadurch die

Fenster ihre Augen für immer schließen.

Ich warte auf diesen Moment und sammle meine Kraft. Ich bin angespannt und voller Erwartung. Doch als es soweit ist, traue ich mich nicht, sondern ich nehme es hin, dass die Fenster über mir die erste Abendluft einatmen und mir die Gelassenheit aus meiner Seele stehlen, einmal etwas zu tun, was mich wirklich befreien würde.

Die Fenster sind nur kurz geöffnet, die Rollladen nur kurz in ihren Kästen versenkt.

Aber meine Ausgeglichenheit ist ein für allemal dahin. Ich verlasse fluchtartig meinen Garten. Der Tag des ständigen Wechsels hat mich geschafft.

Ich werde morgen einen Brief in die offenen Fenster schmeißen, eine Rauchbombe oder das Foto eines nackten Mannes. Vielleicht werde ich den Briefträger bestechen und den Briefkasten meines Nachbarn mit Werbung verstopfen, oder für den laufenden Sommer nur noch schlechtes Wetter bestellen. Oder ich nehme alles einfach hin. Es wird Zeit, dass ich mir eine Lösung einfallen lasse und sei sie noch so abwegig.

Der gelbe Pullover

Es war einmal ein gelber Pullover. Den hat eine Frau mit viel Liebe in nicht ganz vier Wochen fertiggestrickt. Sie war stolz auf ihr Werk, sollte es doch für ihren ersten Enkel sein, der jetzt ein Jahr alt wurde. Die Frau hatte viel Freude an dem kleinen Jungen. Sein Lächeln ließ sie wieder jung werden und glücklich sein wie ein kleines Kind, das nur den Augenblick kennt.

Sorgfältig packte die Frau den Pullover in Geschenkpapier. Schmückte das ganze Paket mit einer Schleife und schrieb eine Geburtstagskarte für den kleinen Jungen, obwohl ihr bewusst war, dass der noch gar nicht lesen konnte. Aber vielleicht hob seine Mutter die Karte als Erinnerung auf, wie sie das auch immer getan hatte. Später konnte der Junge sich dann die Geschichten seiner Mutter anhören, die sie zu den aufgehobenen Erinnerungsstücken ihrem Kind erzählen würde. Als die Frau sich diese Situation vorstellte, huschte ein strahlendes Lächeln über ihr Gesicht. Sie war einen kurzen Moment ganz und gar in sich versunken und glücklich.

Nun war es aber so, dass gelbe Pullover in bestimmten Familienkreisen nicht besonders gut angesehen sind. Zumal, wenn sie auch noch selbst gestrickt sind und weit und breit auf dem Kleidungsstück kein Hinweis auf eine Marke zu finden ist, geschweige denn ein Schildchen mit der entsprechenden Waschanleitung. Beim Auspacken des Geschenkes erhielt der Pullover ein mattes, ach ja und vielen Dank, zu hören, sah ein beleidigtes Gesicht, das sich krampfhaft bemühte, seiner Erschafferin ein Lächeln zu schenken, um dann für immer, mit Geschenkpapier und Kärtchen, in einen tiefen dunklen Schrank zu verschwinden.

Hier fristete er viele lange Jahre, ohne je zu wissen, was draußen in der Welt passierte. Nur ab und zu brachte ein kurzer Moment Licht in sein dunkles Gefängnis. Aber niemand hatte Interesse an ihm und selbst die Motten schienen ihn bewusst zu übersehen.

Eines Tages aber blieb das Licht länger als sonst in seinem dunklen Gefängnis. Er hörte Stimmen und konnte sehen, wie viele andere Anziehsachen von der Dunkelheit ins Helle getragen wurden. Dort draußen passierte etwas. Der Pullover wurde ganz aufgeregt und raschelte in seinem Geschenkpapier. Schließlich packte eine Hand ihn etwas unsanft an und er wurde ans Licht gezerrt. Er wollte sich gerade ein wenig umsehen und nach so langer Dunkelheit das Licht begrüßen, als es schon wieder dunkel um ihn herum wurde. Er fühlte, dass er auf andere Kleidungsstücke aufliegen musste und auch von oben wurden immer neue Kleidungstücke auf ihn drauf gestapelt. Dann kam noch ein großer Druck von oben und noch mehr Anziehsachen machten den Raum um ihn immer enger. Er war in einem Kleidersack gelandet.

Lange passierte dann gar nichts mehr. Dann wurde der Sack mit dem gelben Pullover angehoben und aus der Wohnung getragen, und etwas unsanft landeten die Kleidungsstücke auf der Straße. Hier war es kalt und regnerisch. Der Sack konnte gegen solche Witterungsverhältnisse nur schlecht etwas ausrichten. Langsam zog die Kälte und Nässe in den Inhalt hinein. Als es dann fast nicht mehr auszuhalten war, wurde der Sack wieder angehoben und auf einen Lastwagen geworfen. Für den Pullover begann eine aufregende Autofahrt. Er war gespannt, wo sie enden würde und was dann als Nächstes passierte.

Von der Enge im Sack wurde der Pullover ein wenig benommen und so kam es, dass er erst auf einem schnelllaufenden Gummiband wieder Kontakt mit dem, was um ihn herum geschah, aufnehmen konnte. Sein Geschenkpapier und die ihm so vertraute Karte hatte er verloren. Sie waren wahrscheinlich in seiner Ohnmacht voneinander getrennt worden. Die Fahrt auf dem Gummiband dauerte auch nicht sehr lange, denn eine Frauenhand nahm ihn vom Fließband herunter und warf ihn zu vielen anderen Artgenossen. Da waren blaue, rote, bunte, mit Mustern versehene und lila Pullover. Viele hatten schon verblasste Farben oder kleine Mottenlöcher und jeder hatte seine eigene Geschichte. Die meisten waren erfahren und glaubten, viel von der Welt gesehen zu haben. Nur wenige hatten ihr Leben in dunklen Schränken verbracht, sondern waren getragen worden. Einige rochen streng und andere hatten einen angenehmen Duft. Sie hatten sich vor Antritt der Reise sicherlich noch einmal gewaschen.

Der kleine gelbe Pullover hörte aufmerksam den vielen interessanten Geschichten zu und ließ sich die Welt, die er so lange nicht gesehen hatte, erklären. Es machte ihn traurig, nie getragen worden zu sein, und einen Menschen warm gehalten zu haben. Doch vielleicht war dieser Ausflug eine echte Chance und würde ihm endlich das Gefühl vermitteln, zu etwas nützlich zu sein.

Er träumte vor sich hin und verschwand alsbald in einem großen Karton mit vielen anderen Kleidungsstücken. Der Karton wurde geschlossen und es wurde wieder dunkel um ihn herum. Einige Kleidungsstücke fingen an zu jammern und hatten Angst. Aber die konnte der Pullover beruhigen, hatte er doch Jahre in der Dunkelheit zugebracht und für sich die Erfahrung gemacht, dass es irgendwie wieder weitergehen würde. Die anderen Kleidungsstücke hörten ihm aufmerksam zu und das erste Mal in seinem Leben kam er sich besonders wichtig vor.

Es war eine lange Reise, die der Karton hinter sich brachte. Als er dann schließlich geöffnet wurde, sah der Pullover in erwartungsvolle freudige Menschengesichter. Es dauerte nicht lange und der kleine gelbe Pullover wurde einem kleinen menschlichen Wesen übergestreift.

Das war ein spannendes und echt erregendes Gefühl für den Pullover. Er strengte sich besonders an, den kleinen Körper warmzuhalten und jede Masche in ihm wäre vor Glück fast zersprungen. Jetzt konnte sein Leben beginnen.

Er dankte im Stillen der Frau, die jede Masche einzeln mit der Hand zusammengefügt und ihm somit erst Leben eingehaucht hatte.

Der Pullover hat dann noch lange und gut seine Aufgabe erfüllt. Seine Farbe verblasste nach und nach, aber er lernte viele kleine Menschenkinder kennen, denen er gute Dienste leistete. Zuletzt, als er alt, hässlich und müde war, fing er an, sich zufrieden aufzulösen und aus seinen vielen Maschen wurde wieder ein Faden, der nicht mehr endlos war, sondern an vielen Stellen zerrissen. Mit einem Teil der Fäden spielten Kinder ein Spiel, indem sie immer wieder neue Figuren an Ihren Finger entstehen ließen. Ein anderer Teil wurde zum Stopfen von Löchern in anderen Kleidungsstücken genutzt. Einzelne Wollfäden erhielten ein neues Leben als Kerzendocht und vieles andere mehr.

Die Frau, die den Pullover mit viel Liebe gestrickt hatte, war inzwischen gestorben. Doch hoch oben im Himmel blickte sie auf die Erde und sah, was aus ihrem Pullover geworden war.

Sie lächelte.

Der Löwenkopf

Einem Schwimmer wird es nicht erlaubt, vom Beckenrand zu springen. Einem Politiker ist es nicht erlaubt, sich beeinflussen zu lassen. Was ist da eigentlich der große Unterschied. Ich weiß wirklich nicht, was manchmal mehr Mut erfordert. Nicht vom Beckenrand zu springen oder einem Politiker zu glauben?

Nur, es war immer schon etwas Besonderes, nicht mit dem Strom zu schwimmen oder einfach vom Beckenrand zu springen. In meiner Jugend gab es ein Schwimmbad, das im Bereich des Nichtschwimmerbeckens einen Löwenkopf installiert hatte. Aus diesem Löwenkopf wurde ständig frisches Wasser in das gesamte Schwimmbecken hineingespült. Für uns, als junge Menschen, galt es als echte Mutprobe, von diesem Löwenkopf aus ins Nichtschwimmerbecken einen Kopfsprung zu machen.

Na ja, man hätte sich den Kopf aufschlagen können oder einem jungen Nichtschwimmer durch aufschäumende Wellen die Lust am Schwimmen verderben können. Aber wir sind hinunter gesprungen und meistens kopfüber.

Unsere Feinde, die Bademeister, haben meistens darüber hinweggesehen. Sie waren in weiß gekleidet und erhoben den Anspruch, die Engel des Wassers zu sein. Ich glaube nicht einmal, dass sie mit ihren weißen Anzügen ins Wasser gesprungen wären, wenn ich alle Anzeichen des Ertrinkens von mir gegeben hätte. Entweder hatte ich den Eindruck, sie wären zu faul dafür gewesen oder sie hätten nicht den Mut gehabt, sich für die Lebensrettung den Anzug zu versauen.

Nun, so ähnlich kann es immer noch heutzutage bei den vielen Politikern sein. Warum sollten sie für andere Leute ins Wasser springen und sich ihren Anzug versauen? Es ist einfach besser für sie, den Anzug sauber zu halten und für das einfache Volk ein paar gute Sätze zu formulieren, die sie dann in ihren eigenen Rückblicken eintragen können als geniale Aussprüche, welche sie im Leben den anderen Mitmenschen geschenkt haben.

Aber Politiker sind einfach auch nur Menschen, wie du und ich. Vielleicht wäre ich ja auch Politiker und könnte mich immer wieder rausreden oder vielleicht wollte ich das auch gar nicht.

Vielleicht habe ich ja auch nur einen unbestimmten Hass auf sie und sehe doch, dass sie einfach nur Menschen sind, die wie ich von einem Löwenkopf springen, um die Unendlichkeit der Erfahrung zu machen und dabei zu überleben.

Ich habe ja einen unbestimmten Hass auf Politiker, weil sie letztlich dafür verantwortlich sind, dass ich in Schwimmbädern nicht vom Löwenkopf einen Kopfsprung machen kann und das auch nur, weil sie meinen, ich würde andere Menschen damit gefährden. Aber in erster Line gefährde ich die Politiker damit, weil ich mich über ihre Anordnungen hinwegsetze und somit ein Leben produziere, das an ihren Machtansprüchen und Vorgaben zweifelt.

Überhaupt, was ist falsch daran, etwas zu machen, was andere Leute als reines Vergnügen interpretieren?

Nun gibt es letztlich noch den Aspekt des Opfers. Ich schiebe die Verantwortung für nicht erlebte Löwenkopfabenteuer auf einzelne Personen, die überhaupt keinen Bezug zu mir haben. Dadurch mache ich mich frei von jeglicher Verantwortung für Erfahrungen in meinem Leben, die mir verboten sind. Ich darf ja nicht vom Löwenkopf ins Wasser springen.

Manchmal springe ich trotzdem und die Welt wird für mich reicher. Mut tut gut.

Meine Adventsgeschichte

Meine Adventsgeschichte

Heute Mittag hatte ich ein paar Ideen im Kopf, um so etwas wie eine Weihnachts- oder Adventsgeschichte einfach festzuhalten.

Leider habe ich mich dann nicht hingesetzt und das Ganze in Worte niedergeschrieben.

So sitze ich jetzt hier und versuche mich zu erinnern, welche genialen Gedanken mir eigentlich gekommen waren und warum sie so spurlos wieder verschwunden sind.

Ich glaube, es war die Idee, die Menschen aufzufordern, ihr Herz zu öffnen und sich einfach an die Geschichten aus ihrem Leben zu erinnern, die auch heute noch Freude in ihren Herzen auslösen. Es war der Gedanke, mit meinen eigenen Geschichten hierzu anzufangen, um ein Zeichen zu setzen – oder besser gesagt, um mich einfach zu öffnen für diese Idee.

Grundsätzlich ist es, glaube ich, so, dass wir uns alle sehr häufig an schöne Ereignisse in unserem Leben erinnern. Manche dieser Ereignisse bewahren wir jedoch als ein kleines Geheimnis tief in unseren Herzen und erzählen es in der Regel nie jemanden andern. Es ist die Geschichte, die wir als Schatz tief in uns selbst hüten und bewachen und auf die wir zurückgreifen, wenn wir in diesem Erlebnis Stärke, Trost oder Kraft suchen.

So geht es mir zumindest und ich will nicht behaupten, dass es allen Menschen so geht, weil jeder ein eigenes Erleben und ein eigenes Geheimnis haben könnte.

Viele meiner kleinen Geschichten kommen aus der Zeit, als ich als kleiner Junge versucht habe, die Welt zu entdecken. Manche sind total verschwommen in meiner Erinnerung und manche sind klar und deutlich vor meinen Augen.

Ich bin so etwa acht Jahre alt und zu dieser Zeit gab es ein Spiel, das für alle Kinder in diesem Alter unheimlich attraktiv war. Es sprach die Sammler- und Jäger-Instinkte in uns an und hatte eine magische Anziehungskraft auch für mich.

Wir haben mit Leidenschaft Knicker gesammelt. Jene kleinen runden Kugeln, die in der billigen Ausführung aus Ton in verschiedenen Farben und Größen hergestellt wurden. Aber die Top-Variante waren die Kugeln aus Glas mit den tollsten Farben und den schönsten Abbildungen im Inneren der Kugel, die mich so begeisterten.

Aber in letzter Konsequenz war die Menge der Kugeln, die ich besaß, das Wichtigste.

Meinen Reichtum an Kugeln konnte ich jeden Tag vermehren, indem ich mich auf verschiedene Spiele mit anderen Kindern eingelassen habe. Da gab es das Spiel Wand-Kätsch, das Pott-Spiel und das einfache Kätsch-Spiel unter Vorgabe des Einsatzes.

Ich war von dieser Art, meinen Reichtum an Kugeln zu vermehren, so begeistert, dass ich faktisch eine Zeitlang nichts anderes mehr gemacht habe.

Meine Mutter hatte meine Spielsucht unterstützt, indem sie mir einen seperaten Fingerschutz für meinen Ringfinger konstruiert hatte. Dieser war erforderlich, weil ich andernfalls vom Knicker-schieben am Ringfinder der rechten Hand echte Verschleißer-scheinungen hatte und mir ein Weiterspielen aus Verletzungs-gründen nicht mehr möglich war.

Abends habe ich dann immer Bilanz gezogen und alle meine Knicker oder Kölschen gezählt. Mein Vorrats- oder Reichtums-behälter war eine leere Waschmitteltonne, die ich von meiner Mutter zur Verfügung gestellt bekommen hatte.

In meinen Glanzzeiten besaß ich über 2000 Knicker und hatte alle meine Mitspieler oder Gegner „bütt" gemacht.

Ich war der Knickerkönig der St. Peterallee.

Wichtig aber waren die Gefühle von Anerkennung und Respekt, die mir damals von meinen vermeintlichen Gegnern, Freunden oder von meinen Eltern für die erzielten Erfolge im Wettbewerb um die meisten Knicker entgegengebracht wurden. Hey, das war echt cool.

Und genau das ist mein kleines Geheimnis. An diese erfolgrei-chen Tagen erinnere ich mich immer gerne, und ein Stückchen Stolz über meine Erfolge von damals kann mich auch heute noch aufbauen.

Ich konnte echt gut „Pott" spielen und war erfolgreich in meiner Mission „Vermehren der Anzahl an Kölschen". Aber auch meine

größte Niederlage in meinen jungen Jahren ist mit diesen Kni-
ckern verbunden. Eine Niederlage, die ich bis heute eigentlich
nicht bedauere, obwohl meine Geschwister und Eltern das anders bewerten.

Meinen ganzen Reichtum habe ich an einem Abend in aller
Wut und mit allem Frust aus der Waschmitteltonne mit wütenden
Würfen auf die Straße verteilt. Ich war einfach nicht mehr zu halten und kann heute leider nicht mehr sagen, was der Auslöser
für diese Reaktion war.

Es ist auch nicht wichtig, weil es wie eine Befreiung für mich ge-
wirkt hatte. Ich wollte mein Leben nicht mehr von der Anzahl
der Knicker oder Kölschen abhängig machen. Nur dieses Gefühl des Beendens eines Zustandes war in dem Moment für mich
wichtig. Es war eine Erlösung, diesen ganzen Ballast abwerfen zu
können und mich für neue Dinge freizumachen.

Das Werfen der Knicker auf die Straße, die gefühlte Wut, die gefühlte Befreiung ist für mich auch heute noch ein Bild, an das ich
mich gerne erinnere und es in mir aufsteigen lasse, wenn ich mir
genau das wünsche.

Es ist dann wie eine Befreiung von meinen vielen Gedanken,
die mich nach und nach eingeschränkt haben das zu tun, was
wirklich in mir passiert und was meine wahre Empfindung ist. Eine
Art Ventil, über das ich mein Opferdasein und meine Kritik an mir
selbst ablassen kann, weil ich mich damals so verhalten habe,
wie ich gefühlt habe.